恋とか愛とかやさしさなら

一穂ミチ

恋とか愛とか
やさしさ　なら

写真　石田真澄
装幀　岡本歌織（next door design）

目次

恋とか愛とかやさしさなら

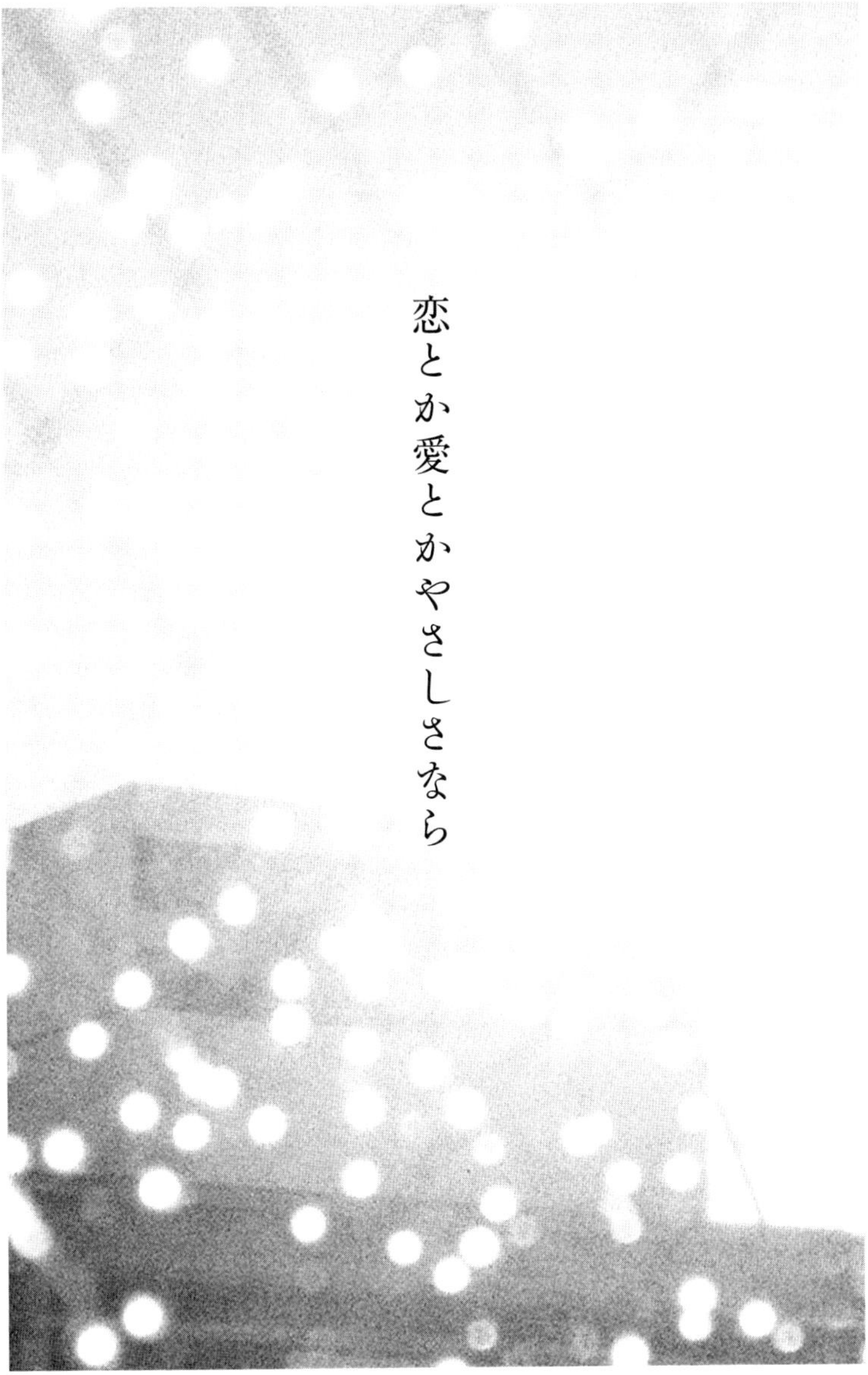

ファインダーを覗《のぞ》く時、いつもかすかな罪悪感を覚えた。棘《とげ》のようなそれは、新夏《にいか》の胸ではなく、シャッターボタンにかけた人差し指をちくりと刺す。フレームの中に世界を囲う、一秒を切り刻んで切片をつくる。構図やピントや陰影、新夏があれこれ考えて作為を施したものが、後から見返せば「現実」になってしまう。誰かの眼差《まなざ》しを、記憶を、乗っ取っているのかもしれないという、おそれに似た後ろめたさだった。指先にぐっと力を込めてシャッターを切り、二度、三度と重ねていくうちに抵抗が薄らぐのもいつものこと。カシ、カシ、とぶ厚いシャッター音が鳴るたび新夏の気持ちは軽くなる。わたしみたいな半人前がそんなこと気にしたって仕方がない、とも思うし、そんなことを気にしているから半人前なんだ、とも思う。

二百人超の招待客が集まった豪勢な披露宴だった。新夏は高砂《たかさご》に座す新郎新婦に、笑顔のお手本を示すように笑いかけつつレンズを向ける。冠婚葬祭の、臆面もない非日常を撮るのは嫌いじゃなかった。朝からの打ち合わせも含めればほぼ一日立ち詰めで絶え間なくハレの日の瞬間を切り取り続け、解放される頃には足の裏と頬の筋肉が痺《しび》れていた。友人の式だからと、いつも以上に口角を引き上げすぎたせいだ。でも、花嫁はもっと大変なんだろうな。

「葵《あおい》、お疲れさまでした。ほんとにきれいだったよ」

新婦の控え室に入ってカメラを構えると、椅子に掛けた葵は「やだ、やめてよ」と慌てて顔を背けた。

「メイク崩れてるから」

「いいじゃん、オフショット。こういう写真のほうが、時間とともに味わい深くなるんだよ」

「えー」

半信半疑の花嫁は、それでも大役を終えた後の、力みが抜けて緩んだ笑顔を向ける。飾らないかわいらしさに吸い寄せられるように、何度かシャッターを切った。

「新夏、二次会ほんとに来ないの？　神尾《かみお》くんも来てくれるのに」

「うん。ちょっと約束があるし、記憶が新鮮なうちにきょうの写真の整理とかレタッチやりたいから。なるべく早く仕上げるね」

「あさってから新婚旅行だし、新夏の手が空いてる時でいいよ」

「どこ行くんだっけ」

「ウィーンとプラハ」

「いいな」

「新夏だってそのうち神尾くんと行くでしょ」

「いやいや」

たぶん遠からずそうなる、けれどこの場では濁しておいた。葵はすこし口が軽いところがあるので、「神尾くん、もうすぐ結婚だって」なんて会社で広められたら啓久《ひらく》に迷惑がかかるかもしれない。

新宿《しんじゅく》のホテルを出て緊張が解けた途端、ローヒールのパンプスが石に変えられたように足が重たくなった。カメラバッグを下げた右肩もかちかちなのに、まだ家には帰れない。予定を詰め込むつもりはなかったけれど、バッティングしたものは仕方がない。人混みから人混みへ、東京駅日本橋口《にほんばしぐち》近くにあるホテルのラウンジで母と落ち合った。

「久しぶり、元気にしてた？」

「うん、お母さんは？」

「元気よ。きょうはお仕事だったの？」

「半分仕事、かな。高校からの友達の披露宴があって、その写真撮影」

「疲れてるとこ悪かったわね」

「ううん。お腹空《なかす》いちゃったから何か食べていい？」

「もちろん」

ビールと、トマトとバジルのパスタを頼んだ。床から天井までの大きなガラス窓の外には点描画のように規則正しいビル街の明かりがパノラマで広がり、そのずっと向こうに富士山のシルエットと、夕焼けの熟柿《じゅくし》色が細く暮れ残っているのが見えた。不意に、あれっと思う。

自分はもう三十歳で、働いていて、きちんとしたホテルのラウンジで母親と向かい合っている、その現実感がふっと遠ざかり、行き暮れた気持ちになった。十二歳くらいの自分が三十歳の皮をかぶっているような感覚は、旅先での夜に覚える心細さに似ている。なめらかな泡で蓋をされたビールを含むとすぐに収まったけれど。

「いい写真が撮れた？」

「手応え感じた瞬間は何度かあったけど、家でチェックしてみないと」

「じゃあ、早めに解散しなきゃね」

「そんなこと……」

言葉が続かず、ちょうどいいタイミングで運ばれてきたパスタを巻き取る仕草でごまかした。

「新夏は、結婚とか考えてはいるの？　――とか軽々しく訊《き》いちゃいけないのよね、最近は」

何でいけないのかはよくわからないけど、と母は苦笑して、かき氷のブルーハワイみたいに鮮やかなカクテルに口をつけた。新夏は「いる」と短く答える。「まだはっきり言われてはないけど、お互い意識はしてて、彼と、彼のご両親と、お父さんと五人で食事したこともある。かしこまった顔合わせじゃなくて、軽い挨拶的な。来年にはお母さんも交えて、って思ってたの。もちろん、無理に来てとは言わない」

「無理なわけない、嬉《うれ》しいわ。もしお式をするなら、呼んでもらえる？」

「もちろん」

「楽しみ」

母は嬉しそうにほほ笑み、かと思えばすぐ「ちょっとお手洗い」と席を立ってしまう。毎度、このマイペースさと微妙に嚙《か》み合わず居心地が悪いのは、たまにしか会わないせいだろうか。黙々とパスタを口に運んでいるうちに、一日の名残《なごり》の夕焼けも夜に飲まれてしまった。

両親は新夏が二歳になる前に離婚し、以来、父方の祖父母の手を借りながら父親とふたりで暮らしてきた。母とは高校生までは月に一、二回、それ以降は二カ月に一回くらいの頻度で面会していたし、入学式や卒業式といった節目の行事には両親揃《そろ》って来てくれたので、ネガティブな感情は抱いていない。夫婦の間に何があったのか知らないが、父と険悪な雰囲気にも見えない。母というより「親戚の女性」程度の距離感で接してきた。結婚したら、こうして都合をつけて会うこともなくなるのかもしれない。そして子どもができたらまた交流が増えたりして。新夏は、自分が人生のサイクルの岐路に差し掛かっているのを感じた。怖いような、わくわくもするような。進級前の春休みみたいな気分。

「パスタのお味はどう?」

化粧室から戻ってきた母の問いに「おいしいよ」と口元を手で隠しながら答える。「ここ、仕事で来たことはあったけど、プライベートでは初めて」

言った後で、高級ホテルからの案件を手がけていると誤解されるかも、とやや焦ってつけ足した。「個人の依頼なんだけどね。マッチングサイトとかアプリで使うプロフィール用の写真をこういうところで撮りたいって男の人がけっこういるの。お見合い用ほどフォーマルじゃないそれなりの写真って、最近需要あるんだ」

「男の人ばかり？」

「そうだね、わたしに頼んでくれるのは男の人が多いかな。女の人から好感を持たれる雰囲気とか知りたいみたい」

ヘアメイクもつければ二万円の撮影料はなかなかの出費だし、女のほうが写真加工に慣れていて自分でそこそこ盛れるというのも大きいかもしれない。それに、「お金を払って撮った」写真をわざわざ使うと「金がかかる女」と会う前から見做《みな》されてしまうおそれもある。同じ行為なのに、男と女とではまったく受け取られ方が違ってくる。

会食は小一時間でお開きになった。母は「早めに」なんて言ったが、そもそも長引いたためしがない。十年以上前に再婚して子どもはいない、という最低限の情報は知っていたが、新しい家庭について新夏から訊くことも、母から語られることもなかった。支払いは母が済ませ、新夏が財布を出しても「いいから」と押しとどめられる。それで「ごちそうさまでした」と頭を下げる。もはや儀式のような恒例のやり取りを経て、ホテルの前で別れた。駅まで一緒に、という流れにもならず、いつも現地集合現地解散だった（中学校を卒業するまでは、父が送り迎えをしてくれた）。お母さんにとって、わたしと会う短い時間って何なんだろう。他愛《たわい》ない近況報告を淡々と交わすだけの、近いはずなのに遠い関係。自営業の父はたいてい家にいたから、新夏自身、母恋しさに泣いたような記憶もなく、薄情さが似ているのかもしれないと思った。わたしもいつか子どもを持ったら、お母さんに寄り添える？　それとも反発する？　どっちにしても、今のひんやり乾いた関係よりはいい気がする。そんなことを考えながら相変わらずだるい足を黙々と動かしていると、ジャケットのポケットでスマホが軽く鳴動した。

『今から二次会！』

短い文とともに、東京駅の丸《まる》の内《うち》駅舎をバックに笑う啓久の写真がＬＩＮＥで送られてきていた。新夏はすぐさま受話器のアイコンをタップし、立ち止まる。

『もしもし？』

「今、わたしも東京駅だよ」

『え、まじ？』

「うん。日本橋口の方だから正反対だけど」

『じゃあちらっと会わない？』

「うん」

『立ち話くらいしか時間なくてもいい？』

「うん。今からそっち行くから待ってて」

『俺が行かなくていい？』

「わたしが行く」

じっと待つより歩くほうが好きだった。仕事柄、待ちには飽きているからかもしれない。新夏は構内の人混みをすり抜け、丸の内側への自由通路を通って足早に駅を横断する。現金なもので、靴は石から木くらいには軽くなっていた。丸の内北口から再び外に出て辺りを見回すと、広場にいた啓久と目が合う。十メートルも離れていないのに大きく手を振る啓久に駆け寄り、胸の前で両手を繋《つな》いだ。

「ニカも二次会来んの？」

「行かない。ちょっとお母さんと会ってたから。この後帰って写真の整理しないと」

「大変だな」

「でも楽しかったよ。葵、きれいだったし、いろんな親戚の人に『この子いい写真撮るんですよ』って宣伝してくれて、名刺がすぐなくなっちゃった」

「八田《はった》さん、けっこうお嬢さまなんだな。幹事のやつに聞いたんだけど、ビンゴの景品めちゃ豪華らしいよ」

「旅行券とか当ててきて」

「おう、頑張るわ」

啓久はぎゅぎゅっと数回指に力を込めると、広場から皇居へ続く通りに目をやった。

「あのへんさ、前撮りしてるカップル多かった。二、三組はいたかな」

「週末だしね」

「待機中の花嫁さんがウエディングドレスにベンチコート羽織ってて、なんかめっちゃ面白くない？　真逆な服重ねてるじゃんみたいな」

「夜は肩出しドレスとかだと寒いんだよ」

笑いながら握り返すと、指先に手の甲の静脈が触れる。くにくにした絶妙な弾力が好きで、新夏はいつもそこを押してしまう。

「今の時期はまだいいけど、真冬はメイクしてても唇の色失《な》くなってきたりね」

「ニカも撮影担当したことある?」

「アシにつかせてもらったことはあるよ。ドレスの裾ふわって巻き上げてさっと飛び退《の》いたり、水たまりに映ったふたりの画《え》が欲しいって言われたから、ポリタンクでお水運んで道に撒《ま》いたり」

「大変だな」

「けっこう楽しかったよ。知ってる? この広場は、東京ステーションホテルでお式を挙げないと撮影出来ないんだって」

「じゃあ、前撮りしてんのは富裕層ばっかなのか」

「頑張って資金貯《た》めたのかもよ」

「そっか」

恋人の顔から笑みが消え、新夏の手を痛いくらい握った。「ニカ」

「うん?」

「ここで前撮りは無理だけど、俺と結婚してくれる?」

「はい」

新夏は迷わず答え、それから耐えきれなくなって手をほどき、くすくす笑った。

「なんだよ」

「急に改まるから、どうしたのかと思っちゃった」

「プロポーズは改まるもんだろ、笑うなよ」

「ごめん、逆に別れ話されるのかもって思って緊張したから、一気にゆるんで」

「今年のうちにいろいろ希望出し合って、来年から本格的に動こう」

「うん――でも」

今度は新夏が笑顔を引っ込める。「大丈夫かな」

「何が？」

「うちのこと……離婚して父子家庭だから」

「そんなの今どき珍しくないだろ」

「でも、啓久のところはちゃんとしたおうちでしょ」

「普通だよ、親もニカのこと気に入ってたじゃん。母さんだって『新夏さん次はいつ来るの？』ってしょっちゅう言うし」

顔も身体《からだ》もほっそりとして神経質そうな啓久の母親を思い浮かべれば、とてもそんなふうに楽観視はできなかった。それはわたしがまだ「お客さん」だったからだよ、という反論を飲み込んで軽く目を伏せると、頬に啓久の両手が触れる。大丈夫だよ、と啓久は言った。

「親にお許しもらう必要なんかなくない？　俺とニカのことなんだから」

それを鵜呑《うの》みにできるほど世間知らずではなかったけれど、鵜呑みにした顔を見せてあげなきゃと思うほどには啓久がいとおしかったので「うん」と満面の笑みをつくった。啓久は照れくさそうに一歩後ずさり、「あ」と新夏の頭越しに空を見る。

「いい感じの月が出てる」

新夏も振り返って見上げると、東京ステーションホテルの丸いドーム屋根から伸びる尖塔《せんとう》に引っかかるように、半月よりやや膨らんだアーモンド形の月が昇り始めていた。

「ほんとだ」

「写真撮ろ」

恋人――もう「婚約者」でいいの？　――はいそいそとスマホを取り出し、シャッターボタンを押したものの、画像を確認してすぐに眉根を寄せた。

「駄目だ、ボケボケ。iPhoneで月撮るの、むずくね？」

画面を覗き込むと、確かにぼんわりとした光の塊が浮かんでいるようにしか見えない。新夏は「ちょっといい？」と断って設定を弄《いじ》る。ビデオモードで撮影し、露出を下げてシャッターボタンを押した。

「はい、これでどう？」

「おお、すげえ、くっきり映ってる！　さすがプロ！」

「そんな大したことしてないよ、ちょっと前にネットで見たやり方試してみただけ」

iPhoneの標準カメラで見事な写真を撮るプロもいるけれど、新夏にはできそうになかった。iPhoneの薄さが心許ない。被写体と近すぎる気がする。遥《はる》か彼方《かなた》の月を撮る時にさえ、カメラとレンズの厚みに遮《さえぎ》られていなければシャッターを押せない。

「いや、でもやっぱ構図とかがさ、俺のと違うもん。ニカまじ天才」

「変わんないよ」

「いやいや。気に入った、待ち受けにしよ。ニカにも送っとく」

「いらなーい」

歌うような口調で首を振る。

「何でだよ、自分の作品だろ」

「そんな大げさなものじゃないってば」

そろそろ行かなきゃ怒られる、と言う啓久と別れて駅のホームに並んでいると、断ったのに写真が送られてきた。本当に、謙遜でも何でもなく、大したことのない一枚を眺め、幸せかも、と臆面もなく思った。でもやってきた電車に乗り込み、他人のバッグやカーディガンと擦れ合ううちに浮ついた気持ちはトーンダウンし、見知らぬカップルの前撮りに当てられて求婚してきた啓久の無邪気さを、妙にしみじみと噛み締めた。

来年、か。式も披露宴もしなくていい、ていうかしたくないくらいだけど、啓久のお母さんはいい顔しないだろうな。新婚旅行には行きたい。気ままに東南アジア回ったり……ううん、疲労とかトラブルで険悪になったら悲惨だから、カップル向けに至れり尽くせりのツアーがよりどりみどりなハワイあたりが無難なのかな。新夏は「いかにも」という行き届いたイベントがあまり好きではなく、そんな自分がまた「ちょっと尖《とが》ってるふうに見せたいようでイタい」から好きじゃない。でも啓久は、何事にも王道を満喫できるタイプだった。たとえばレストランでバースデーソングとともに花火の刺さったケーキが運ばれてきても目を輝かせてサプライズを堪能する。皮肉でもなんでもなく、新夏は啓久のそういうところが好きだし、尊敬すらしていた。啓久となら、何があっても人生を楽しめる気がする。

山手線と京急線を乗り継ぎ、駅前のちいさな商店街の一角にある「関口《せきぐち》写真館」の木造看板を見上げていると、中から父親が顔を覗かせた。

「おかえり、どうした」

「ただいま、ううん、何でもない。お腹空いてるんだけど、何かある?」

「カレー作ったぞ」

「やった」

祖父母の遺影に手を合わせてから、トマトときゅうりとちぎったレタスだけの簡単なサラダは新夏が支度し、店舗兼住宅の二階にあるダイニングでふたりきりの食卓を囲んだ。

「お母さんと会ってたんだろ、何も食べなかったのか」

「食べたけど、緊張してたせいかな? お腹に溜《た》まった気がしなくて」

「何だよ、緊張って」

「するよ、しょっちゅう会うわけじゃないし」

「遅めの思春期か」

「遅すぎるでしょ。でも、そんな感じかも」

「お母さん、元気にしてたか」

「たぶん」

「仕事の首尾はどうだった」

「スタッフの人やさしくていい感じだったよ。去年、同じ会場で撮影した時はすっごい愛想悪くて、どきどきしてたんだよね」

料理や装花もゴージャスな式だったから、そのおかげかもしれない。

「そりゃ、縁故や友人関係でカメラマン外注されたらあっちも面白くないだろう」

「今は普通じゃない？　式場にお願いするより安上がりだし、写真かじってる人なんていくらでもいるもん。ある程度カメラ任せでもそれなりの仕上がりにはなるし」

「どうりで町の写真館が干上がってくわけだ」

「親子ふたり、何とか食えてるじゃん」

グラスに注《つ》いだビール片手に父が愚痴ってみせるのを軽くいなし、上目遣いに表情を窺《うかが》う。すぐに気づかれた。新夏と違って「本物のカメラマン」だから、他人の眼差しにも敏感だ。

「どうした？　小遣いでも欲しいのか」

「違うよ。その……きょう、プロポーズされたんだ。お父さんも会ったことあるでしょ、神尾さん」

父は「へえ」とか「ほお」とか感心したように漏らしてから「よかったな、でいいのか？」となぜか確認してきた。

「いいのか、ってなに」

「お前が結婚したいかどうか、俺は知らんからな」

「したいって思ってたわけじゃないけど、彼とならいいと思う」

「じゃあおめでとうだ」

にっと笑い、半分ほど空いた新夏のグラスにビールを注ぎ足す。

「式と披露宴のカメラは俺に任せてくれるよな？」

「玲子《れいこ》さんが立候補してくれる気がする」

「父親より師匠を取るのか」

「だって、新婦の父ってけっこうやることあるんじゃないの。式とかするかどうかも決めてないし」

「するだろ、しそうな家の子だったから。ご両親もきっちりした感じのさ。同居なんてことになったらめんどくさそうだな」

「他人事《ひとごと》みたいに」

「他人事だよ。式にはお母さんも呼ぶだろ」

「うん。いい？」

「俺がいいとかいやとか言う筋合いじゃないって」

父は肩をすくめ「ほんとに、めでたいな」とつぶやいた。さりげないひと言は確かな人肌の温かさを孕《はら》んでいて、ちょっと胸にきた。

「何だ、それで早くも実家を外から眺めて感傷に浸ってたのか」

「そんなんじゃないよ。結婚しても写真の仕事は続けるからここにも来ると思うし」

「そのへんは、まあ神尾くんと話し合って決めればいい。お前の手伝いがなきゃ回らんってわけでもない」

父なりの気遣いだとわかっていても少々心外で、新夏は黙って聞き流した。

風呂を済ませ、ノートパソコンに向かうと本日の膨大なデータのチェックに取りかかった。アルバムに使えそうなものをざっとふるいにかけ、新郎新婦の写真中心にレタッチを施していく。葵は、インスタを見る限りではちょっとひんやりした青みのある加工が好みなようだった。とはいえ青白い顔の花嫁はいただけないので、ニュアンスの見極めが難しい。肌の色にはいつも細心の注意が必要だ。色調や彩度、明度をわずかずつ何度も弄った後、元の画像と見比べると別物になっていて驚くこともしばしばだった。新夏の目を通した「現実」にさらに手を加え、けれどシャッターを押す瞬間のような痛みはもう感じない。

影を飛ばし、くすみを除去し、光に満ち溢《あふ》れた門出の思い出を黙々と量産していると、机の上でスマホが鳴った。

「もしもし?」

『お疲れ』

数時間前に会って別れた恋人の声には雑踏のノイズが混じっていた。

「お疲れ、今どこ?」

『三次会終わって、駅前の自販機で水飲んでる』

「もう終電じゃん、あした会社なのに大丈夫?」

まじそれ、と啓久のため息が聞こえる。

『ほどほどで抜けるつもりだったんだけど、二次会のビンゴでPS5当たっちゃって、高額景品もらっといてすぐ帰るっていうのも感じ悪いだろ』

「すごい」

『隠しとかないと、姉ちゃん来た時に見つかったら強奪されるかも』

「真帆子《まほこ》さん、そんなことしないでしょ」

『ニカの前ではまだ猫かぶってんだって』

「むしろ啓久が進んで貢いじゃうんじゃないの? 叔父バカだから」

啓久のスマホの写真フォルダには、姪《めい》っ子の愛くるしいショットが満載なのを知っている。

『楓《かえで》はまだ三歳だから早いよ』

「何か、急ぎの用事でもあった?」

スピーカーホンにして話しながらもマウス操作を続ける。

『母さんから、栗《くり》の渋皮煮作ったから受け取りがてらお茶でもいかが? ってLINEきてた』

「嬉しい、お母さんの渋皮煮大好き。近々ぜひ」

『あと——俺、プロポーズしたよな？』

「なに言ってるの？」

『ごめん、飲んでるうちに、何か不安になって。今まで、いつ言おうって脳内でシミュレーションしまくってたから……あれ、ＯＫもらえたの夢？　みたいな』

「飲みすぎ」

『ごめん、怒った？』

「心配してる」

『テンション上がってたせいで、めちゃめちゃ回ってるみたい』

確かに、啓久の声はいつもより呂律《ろれつ》が怪しかった。

「待ち受け見なよ、写真撮ってあげたでしょ」

『そうだった、新夏先生の最新作』

「もう……」

『声、聞けてよかった』

「そんなんじゃごまかされないから」

『まじでまじで。あ、そろそろ電車来る』

「タクシー乗らなくて大丈夫？」

『平気。じゃあ、おやすみ』

通話を切ってから再度パソコンに向かったものの、自分の感覚がさっきまでとは変わった気がして信用ならなくなった。啓久の声を聞いたせいで、頬と唇の赤みを強調しすぎてない？　フィルターがきらきらしすぎてない？　こうなってしまうと、あれこれ考えるほど迷路に深入りするだけなので、クールダウンしなければ。パソコンを閉じてベッドに寝転がる。幼い頃から見慣れた八畳間の天井。きっと来年には、啓久の隣で、今はまだ知らない天井を見上げている。真上に手を伸ばすと、ネイルもせず短く切り揃えた自分の爪は、それ自体が無防備な生き物みたいに見えた。

小休止を挟んでレタッチに耽《ふけ》り、夜明け前に寝付いた。不規則な仕事なので、月曜日というカレンダーには関係なく熟睡していて、スマホの着信で目覚めた時、カーテンの隙間からは明るい陽光が待ちかねたようにうずうず揺れていた。相手を確かめもせず「はい」と極力明瞭な声で応対すると、いきなり『新夏さん』と呼びかけられた。

「え？」

知っている、啓久の母親だ、間違いない。なのに一瞬戸惑ったのは、これまで聞いたこともないほどどんよりと沈み、まるで何かに追われているように押し殺した声だったせいだ。

『急にごめんなさいね、いま、ちょっとだけいいかしら？』

新夏に何か言う暇も与えず、啓久の母は告げた。

『警察から電話があって……啓久が、盗撮で捕まったって』

「は？」

新夏はようやく起き上がったものの何をすればいいのかわからず、手持ち無沙汰の左手で髪を撫《な》でつけた。毛先の傷みが気になるから、いっそもっと短く切って、結婚式までに伸ばし直そうか、なんて考えていた髪。

「あの、それは、どういう」

『わたしたちにもよくわからないのよ』

困惑や混乱が絡まり合った口調が、まるで新夏を責めているように刺々《とげとげ》しく感じられ、とっさに「すみません」と口をついて出た。

『ううん、新夏さんが謝ることじゃないのよ』

啓久の母は取ってつけたようにやんわりフォローし、『むしろこっちが……』と言い淀《よど》んだ。

『とにかく警察に行ってくるわ。何かわかったらまた連絡するから。ごめんなさいね、動転して、心の準備ができてないままかけちゃった』

「いえ、とんでもないです」

もっと突っ込んで訊きたかったが、引き止めるわけにもいかない。でも何か気の利いた言葉を……短い思案の末、新夏に言えたのは「お気をつけて」という、毒にも薬にもならない決まり文句だけだった。

ふらりと立ち上がる。何すればいいんだっけ？　頭がホイップクリームみたいにふわふわしていた。そうだ、トイレ、おしっこしたい。

部屋を出て数歩歩き、階下から父親の声が聞こえてくると、ふと足を止めて階段の段差に座り込んだ。客が来ているのか「好きなポーズでいいですよー」「無理に笑わなくても」と明るく声をかけている。何でもない日だ。きのうから地続きの、単なる月曜日。あれ、夢かな、と思う。ひょっとして、啓久もゆうべ、こんなふうに自信がなくなったの？　そうだったはずのこと、そうだったはずのものが不意に揺らいで不安になったの？　着信履歴には未登録の番号がしっかり残っているけれど、本当は事故にでも遭ったのを、寝ぼけて聞き間違えたのかもしれない。もしくはショックで記憶を改ざんしたのかも。写真のレタッチみたいに――と考え、世界はこんなにあやふやだっただろうか、と恐ろしくなる。寝る前までは、確固とした現実を生きていたはずなのに。

スマホを手に持ったままだった。尿意を忘れ「盗撮　逮捕」のキーワードでネットを検索するとごろごろ出てくる。エスカレーターで、更衣室で、トイレで。こんなに、と驚いたが、電車内や夜道で痴漢が当たり前に出没するのと同じかもしれない。新夏や、多くの女にとっては窃盗や詐欺よりずっと身近な犯罪。女にとってありふれた脅威なら、多くの男にとってはありふれた誘惑ということになるのだろうか。盗撮なんて、変態のすることなのに。たとえば現実の女に見向きもされない、女にお門違いな恨みをこじらせている、通常の性行為では満足できない、自分の境遇に不満を募らせている――全部、啓久には当てはまらないはずだった。

「盗撮で逮捕されないために」「示談交渉はお任せください」という弁護士事務所の広告も

いくつも表示された。ニュース記事を詳しく読んでみると「性的姿態等撮影容疑」という生々しい罪状にディスプレイをなぞる指先が強張《こわば》る。これまで「盗撮罪」というものが存在せず、各都道府県の迷惑防止条例を適用してきたが、今年の七月から新しい法律が施行されたらしい。さらに調べると「体の性的な部位や下着などを相手の同意なく撮影したり、盗撮したりする罪」ということだった。新しい罪、と心の中でつぶやくと、とても奇妙な感じがした。法で定められるまでもなく、「悪いこと」に決まっている。

記事の中でフルネームを明らかにされた男もいれば、職業と年齢だけの男、年齢だけの男もいて、どういう違いによるものか新夏にはわからなかった。けさ逮捕されたはずの会社員の男(30)は見当たらず、まだばれてないのかな、と安堵《あんど》と不安が交錯した瞬間、ぞっとした。わたし、本当に啓久が盗撮したって思ってるの? そんなわけないのに。だってきのうプロポーズしてくれたばっかりで、わたしたちは幸せで、寝る前にも電話で話して。LINEを開くと、トーク画面には恋人との他愛ないやり取りが保存されている。待ち合わせ、ネタ系のスタンプや変顔写真の応酬、ささやかな喧嘩《けんか》。ゆうべ気づかなかった、『家着いた。心配かけてごめん、寝るわ』という啓久からのメッセージが最新で、午前一時過ぎ。今は午前十時過ぎ。たった九時間の間に何があったのだろう。確かに心配だった。でもそれは、酔って駅の階段で転ばないかとか、財布を盗まれたりしないかというトラブルであって、まさか一夜明けてこんなことになるなんて。

メッセージ欄に「お」と入力する。「お母さんから聞いた」と送りたかったのに、予測変換は「おはよう」だった。そのまま送信した。次に「今どうしてるの？」と送りたくて「い」と入力すると「いい天気だね」と出てきたので、それもそのまま送った。能天気なふたつのフキダシを見つめる。既読はつかない。

何をどうすればいいのか見当もつかず、結局きのうからのレタッチ作業を続けた。思考の一部がフリーズしたままなのが却《かえ》って奏功しているのか、さくさく進んだ。二時頃になって父親から「めし食おう」と誘われ、前日のカレーをリメイクしたカレーうどんをきれいに平らげた。まだ何もわからないんだから、と丼を洗いながら自分に言い聞かせる。相手が勘違いしたとか、たちの悪い女で、言いがかりをつけられたとか。「まいったよ、まじで」と嘆く啓久を想像すると笑みさえこぼれた。「気が動転して、新夏さんにまで心配かけちゃってごめんなさいね」と啓久の母が恐縮する場面も容易に思い浮かび、イメージを強固に構築すればするほど、実現できる気がした。啓久はやさしいから、新夏に怒ったりしない。

——ちょっとだけ、啓久のこと疑っちゃったの。

——えー？　信用ないな、俺がそんなことするわけないだろ。

——だよね、ごめんね。でもびっくりした。

——俺だって。

スマホの着信音ではっと我に返る。台所で洗い物をしていたはずなのに、いつの間にかパソコンに向かっていた。現実逃避していた頭と、生活を続行する身体の接続がどこかで切れていたらしい。さっきと同じ携帯番号が表示された液晶の「応答」をタップするまでに四コールかかった。

『もしもし、新夏さん？　ああよかった、繋がって』

午前中とは別人みたいに明るい声だった。それで、やっぱり何かの間違いだったんだ、と胸を撫で下ろした。そうだ、啓久が盗撮なんてするわけなかった、啓久のことならわたしがいちばんよく知っている――。

『あのねえ、結局逮捕はされずに済んだの』

啓久の母は、うきうき、とさえ聞こえる口調で続けた。

『初犯だし、素直に認めて反省してるからって、任意の取り調べが終わってもう家に帰ってきてるの。後は示談の話し合いだけど、パパがお願いしてくれた弁護士さんを挟んでスムーズにいきそうよ』

その言葉は右の耳から左の耳へ、脳に咀嚼《そしゃく》されることなく抜けていった。何を言っているのか、本当にわからなかった。この人は、何をそんな、朗報みたいに教えてくれているの？

『新夏さん？　聞こえてる？』

「あ、はい」

慌てて「すみません」と取り繕った。

「あの、突然のことで、正直何が何だか」

『それはわたしだって同じことよ』

今度は妙にきっぱりと言い切る。

『とにかく、会社には急な体調不良で通したし、事件にはなってないから大丈夫。改めて啓久から連絡させるから、とりあえずはそういうことで、安心してね』

「……はい」

スムーズ、大丈夫、安心。放心して空っぽな頭の片隅で、ポジティブな単語が空《うつ》ろに響き渡る。逮捕されてない、事件になってない。そういうことがあるんだ。啓久の名前も年齢も職業も、晒《さら》されない。何日も勾留されて取り調べられない、家に警察が踏み込んできてプライバシーを暴かれない、法廷に引っ張り出されない。会社もくびにならない。そりゃ、お母さんは嬉しいよね。わたし、何で嬉しくないんだろ。彼女の喜びに、新夏の心は追いつけなかった。だって盗撮したんでしょ。「性的姿態等撮影罪」でしょ。それはなかったことにはならないんでしょ。

じゃあどうするの、別れる？

もし、啓久のほうから「別れよう」って言ってきたら？

自問が浮かんだ途端、ますますわからなくなる。突然のことで驚いているし、何なの、と憤ってもいるけれど、これが一過性のものなのかどうか。自分は啓久を許せるのか。そもそも、許すとか許さないとか、新夏が決断する問題なのか。部屋の真ん中で棒立ちになったまま混乱をさらにかき混ぜるだけの自問を繰り返していると、ＬＩＮＥの通知音にびくっとしてスマホを床に落としてしまった。慌てて拾い上げると、啓久の姉の真帆子からだ。次から次へと。『電話で話せる?』というメッセージを見て逡巡《しゅんじゅん》した。きっと啓久の件だ。まだ全然気持ちの整理がついていない、が、ひとりで抱え込む自信もなかったので、結局こちらから電話をかけた。きっとお母さんみたいに喜べず、わたしと同じように、ううん、もっと混乱してるはず。

『新夏ちゃん、啓久のこと聞いてる?』

想定内とはいえ、単刀直入に切り出されると胃がぐりんと引っくり返ったような緊張が走る。

「はい」

『ごめんね、謝って済まされる問題じゃないけど、本当に……』

「いえ、真帆子さんが謝ることじゃないです」

そして、わたしが謝られることなのかどうか。

「あの、お母さんからは、逮捕されず事件にもなってないっていうふうにしか伺ってなくて、詳しい状況とかをまだ知らないんです」

『そうなの? お母さん、都合のいいことばっかり言って』

真帆子の話によると、啓久は、通勤電車の中で女子高生のスカートの下にスマホを差し込んでいたところを、居合わせた乗客に見咎《みとが》められたらしい。

『あいつ、シャッター音出ないカメラアプリ入れてたでしょ』

「でもそれは、昔、カメラシャッターの音で楓ちゃんが目を覚まして大泣きしたことがあったからって……」

『そんなの、うちの子が赤ん坊の時の話じゃない。スマホには他に怪しい写真もなくて、初犯だってことですぐ放免してくれたみたいだけど』

「本当なんですか」

訊かずにはいられなかった。

「本当の、本当なんですか。啓久が誰かに陥れられたとか、向こうの勘違いとか」

『本人が認めてるんだよ』

「それだって、認めたら家に帰れるとか、そういうこと言われて仕方なくみたいなの、聞くじゃないですか」

『新夏ちゃん』

真帆子の声には、哀れみとかすかな軽蔑がにじんで聞こえた。

「痴漢なら、触られた触ってないの行き違いもあるだろうけど、盗撮だよ。目撃者もいるし、啓久のスマホには画像があったんだって。それは動かぬ証拠でしょ?」

さっきまでの楽観的な想像は、おめでたい妄想でしかなかった。バカじゃん、と急に羞恥が込み上げ「はい」と消え入りそうな声で答える。

『ねえ、新夏ちゃん、ショックを受けてるところに言うのは酷かもしれないけど……流されないでね』

「え?」

『お母さんはどうせ息子かわいさで大したことないふうに言ったでしょ？　でも、きっぱり手を切るなら今のうちだよ。わたし、新夏ちゃん好きだから、あいつに早く結婚しろしろって急《せ》かしてたけど、今となっては籍を入れてなくて本当によかった。迷惑かけずに済むもん』

「あの、わたし」

『なに？』

真帆子の問いかけは鋭かった。まさか、別れないなんて言わないよね、という圧をひしひしと感じる。

「すみません、まだ現実感がなくて。啓久さんと話せていないので、とりあえず本人の口から何があったのか聞きたいです」

『ああ、そうね、先走ってごめんなさい。でも、情に惑わされないで冷静に考えてね』

真帆子は、啓久と別れさせたいらしい。啓久の母は何も言わなかったけれど、早くも一件落着と考えている節があった。新夏は自分がどうしたいのかも、どうすべきなのかもまだ見えてこない。啓久とのトーク画面を見ると、新夏が送った「おはよう」と「いい天気だね」に既読がついている。どんな顔で見たんだろ、てか、啓久こそ「どんな顔で送ってんだよ」って思ったかも。

ふふ、とこんな時なのにおかしくなった。それで、まだこの人を嫌いじゃないとわかった。それを喜ぶべきなのか、情けなく思うべきなのか。電話をかけると、すぐ繋がった。

『はい』

「聞いたよ」

『うん』

「ほんとなの」

『うん』

「どうしたの」

『ごめん』

　誤解だ、やってない、と言ってくれるのを、心の片隅でなおも期待していたのだと思う。たまたま手に持ってたスマホが女の子のスカートの下に入って、カメラアプリが起《た》ち上がってて、それで……否認したら長引くと思ったから認めるしかなかったんだ、俺はそんなことしてない。そんなふうに。でも抑揚の失《う》せた平坦《へいたん》な啓久の声が、現実という矢になって新夏の胸を射貫《いぬ》いた。

「啓久」

　声がふるえた。

『うん』

「何で？」

『ごめん』

「ごめんじゃない、何でそんなことしたの？」

問い詰めると、沈黙が流れた。物音ひとつ聞こえず、回線の中だけ真夜中みたいだった。本当に真夜中なのかも。時差のある、遠く離れた見知らぬ土地でスマホを握りしめる啓久を想像すると寂しさに心が冷える。でも静寂の後の言葉で、新夏はかっとなった。

『……見たかったから』

「は？　何それ」

『ごめん』

若い女のスカートの中が見たかった、その欲望はわからないけどわかる。「男ってそんなことばっかり考えてる」という大雑把な解釈で新夏は理解することができる。でも、どうして？　どうしてけさの通勤電車でそれを実行に移したのか。きょうでなければ、その女子高生でなければならない必然的な理由があったんじゃないのか。理解や納得から程遠いものでも、それを聞きたかった。

「……すごくかわいかったとか？」

言いながら、何を訊いてんだろと思った。かわいい子だったら「じゃあ無理もないよね」って同調できるわけないのに。

『俺の前に並んでた子だから顔を見た上でやったわけじゃない――ごめん、まじで。当たり前だけど、もう二度としない。新夏と、別れたくない』

冷静さを装っているだけかもしれないとわかりつつ、淡白な口調にいらいらしてくる。別れたくないんだったら、もっと、もっと必死に弁解して謝れよ。この数時間、わたしがどんな気持ちで過ごしてたと思ってるの。せめて、懺悔《ざんげ》と後悔でぐっちゃぐちゃに泣いて縋《すが》るくらいしろよ。でも、啓久をみじめにして、いっとき鬱憤を晴らしたって何の解決にもならない、とすぐに思い直した。解決や出口があるとすれば、の話。

『まずは、一度会ってちゃんと謝りたい。両親もそう言ってるから。新夏の家に行くなら、いつが都合いい？』

きのう、プロポーズを祝福してくれた父がこのことを知ったらどんな反応をするだろうか。真帆子のように「別れろ」と言うのか、今までも新夏の進路や恋愛に口を出さなかったように「ふたりで話し合って決めなさい」と言うのか。どちらにせよ、新夏の気持ちが落ち着いていない状態で打ち明けられそうにない。

「わたしがそっち行く。今週平日は忙しいから、土曜日に」

こんなことのために、自分の予定を動かしたくないという意地が働いた。日常を日常のまま守りたかった。

『わかった』

ありがとう、と言って啓久は通話を切った。ありがとうって、何が？　温情をかけた覚えはない。まさか、もう許したと思われてる？　――ああ、まただ。許す、という言葉で一気に頭がこんがらかる。許さなければ、何らかの罰をわたしが啓久に与える？　それが「別れる」ってこと？　答えの出ない悩みを壁打ちしているのが苦しい。開かれないままだったカーテンの隙間では、秋の早い日が、もう暮れ始めている。

今週は忙しい、というのは嘘《うそ》じゃなかった。葵の写真の仕上げもあるし、写真館で父親の手伝い、アパレルのECサイトから依頼されたwebカタログ用の撮影、金曜日は昔から世話になっているカメラマンのアシスタントに終日入っていた。アシ仕事は照明や機材回りだけでなく、スタイリストの手伝いや買い出し、お茶汲《く》みまでとにかくありとあらゆる「自分にできること」に目配りしなければならないので疲労度も段違いだが、きょうはカメラマン所有のハウススタジオでの撮影だったのでまだやりやすかった。

「玲子さん、スタジオの片づけ終わりました。コーヒーでもお淹《い》れしましょうか？」

応接スペースのソファにぐったり伸びていた玲子が「おねがーい」と声を上げる。

「夜遅いから、目が冴えないやつにして。新夏も好きなの選びな、一緒に飲もう」

「はい、ありがとうございます」

カプセル式のコーヒーマシンが備えてあるので大した手間はかからない。カフェインレスのコーヒーとほうじ茶を淹れ、玲子の向かいに腰を下ろす。

「お疲れさまでした」

「新夏もね」

体力も気力も搾り尽くしたのか、玲子はマグカップを持ち上げるのさえ億劫《おっくう》そうだった。

自分の消耗度なんて玲子に比べればたかが知れていると思う。何時間もファインダーを覗き、果たし合いにも似た緊張感で被写体と相対する労力は想像もつかない。じっとカメラを構えたまま炎天下に鳥肌を立て、寒風に吹かれながら玉の汗を浮かべる。そんな姿を何度も見てきた。玲子の現場に立ち会う時、プロの棋士が長丁場の対局を終えると数キロ痩せている、という話をいつも思い出す。「久保《くぼ》玲子」とクレジットされた写真を世に出すためには、そこまで自分自身を注ぎ込まなければならない。新夏にとっては未知の領域だった。

熱いほうじ茶を啜《すす》っていたら「何かあった？」と訊かれた。

「心ここに在らずだったじゃん」

「え、すみません、何かやらかしてました？」

気づかないミスでもあったのかと背すじがひやりとしたが、玲子は「ううん」とかぶりを振る。

「何となくだよ。長いつき合いだからわかるでしょ。新夏だって私が徹夜明けだったらすぐ気づく」

「寝てない時の玲子さんは明らかに顔色が青いからですよ」

内心では、玲子から水を向けてくれたことにほっとしていた。啓久の件で冷静な助言を仰ぐとしたら、第三者の玲子以外に考えられなかった。

「実は、」

切り出したものの、そこからうまく言葉が出てこない。「彼氏が盗撮で逮捕されて」と声に出す、たったそれだけのことができない。玲子に信頼を置けないのではなく、「まじありえないんですけど」とか「超やばくて」とか、軽薄な尾鰭《おひれ》をつけて事態を茶化してしまいそうな自分自身がいやだった。真剣に向き合えないのなら、他人に助けを求めるべきじゃない、そう考えた端《はし》から「何でわたしが？」とも思っている。わたしがしでかした犯罪でもないのにこんなに悩まなきゃいけないのはおかしい。低温火傷《やけど》のように、盗撮のことは皮膚の下で常にじくじく疼《うず》いていた。生活のふとした瞬間、生まれ直したように何度でも新鮮に気づかされる。あ、そういえば、啓久って、盗撮したんだった。求婚された夜と、電話で報《しら》された朝の間に見えない線が引かれ、「そこまで」と「ここから」の自分が断ち切られてしまった気がしている。もう、あれ以前の気持ちを、あれ以前の自分を、一生取り戻せない。

啓久からは何の音沙汰もなく、新夏からも連絡はしなかった。意固地にならず、何を差し置いてでもすぐに会って話したほうが、こんなふうにひとりで考え詰めるよりはましだったのかもしれない。啓久は今、どんな気持ちでいるのだろう。後悔してる？　悩んでる？　それともお母さんみたいに「示談で済んでラッキー」って喜んでたりする？　だったら引く。思いっきり引く。でも幻滅して顔も見たくない、と切り捨てるには——何も言えない口を自ら塞ぐように親指の爪を噛んでいた。玲子の心配そうな視線で気づき、慌てて手を膝に置く。

「実は——彼氏と結婚話が持ち上がってて、向こうのご両親に、うちの父と母が離婚してることをどう説明したらいいのかなって。父子家庭なのはもう話してあるんですけど、詳しい理由とか、そういえば聞いてなくて」

「え、そうなの？」

「はい」

焦って捻《ひね》り出した相談ごとは、出まかせではなく、前々からうっすらと兆していた、今となっては取るに足らない懸念だった。けれど玲子は「そっかあ……」と真剣な面持ちでコーヒーに目を落とした。

「教えてあげられたらいいんだけど、私も本当に知らないんだよね。長期で海外取材に出かけてて、戻ってきたら関口くん会社辞めて離婚したって聞いてびっくりしたもん。直接訊いても教えてくれなかったの？」

「はっきり訊いたことはないんです。物心ついた時から父は家にいて、当時は祖父母も元気でしたから、母親がいなくても寂しいとは思わなかったんですよね。お母さんっていうのは『たまに一緒に遊んだりパフェ食べに行ったりする人』って認識で。三人で会う時も全然重たい雰囲気ではなかったし」

苦し紛れにでも、自分から切り出した以上会話を続けなくては、と半ばは義務感で新夏は続けた。「理由らしいものが見当たらないのが却って訊きづらくて」

「ああ、逆に根深い原因がありそうな気がしちゃうんだ。離婚と退職ってどっちが先だったんだろ」

「同時だったんじゃないかと思います。わたしを育てるために……本人は、おじいちゃんも弱ってきてて心配だったから、とは言ってましたけど。あまり深掘りして、父にそれまでの仕事を捨てさせたっていう事実と直面しちゃうのも怖いんです」

「そこは新夏が気に病む問題じゃないよ。子どもを育て上げるのが親の最大の仕事だし、ここだけの話、私ら、飲みに行くたび『いつ辞める?』って言い合ってたからね」

「そうなんですか?」

「報道カメラ、やりがいはあるんだけど、体力的にきついしさ。自分で仕事量を調整できないのがしんどかったな。あと、紙面に載せる写真を選べないのが歯痒《はがゆ》かったり。会心の一枚が撮れたと思っても記事と合ってなきゃ使われないし、センスないトリミングされて悔しくて新聞びりびりに破って泣いた日もあったなあ。だから、一生勤めるつもりはなかった。それでも、関口くんがいなくなった時は『早いよ』ってちょっとショックだった」

「すみません」

「新夏のせいじゃないってば。関口くん、いい写真撮ってたからさ。まだここでやれることたくさんあるんじゃないのって勝手に惜しんだだけ。写真館やりながらでもフリーで仕事の口はあったはずだけど、ま、それは本人の選択だからね」

父と同期入社だったという玲子自身は四十歳を迎えてからフリーになり、以来、ポートレートからジュエリーの広告まで幅広く手掛けている。そんな彼女が、ひとりのカメラマンとしての父を認めてくれているのは誇らしかった。

「さっきの話だけど、彼氏のご両親に細かく説明する必要はないんじゃないの。今どき、離婚してる男女なんか普通だし、デリカシーのない質問されたらはっきり拒否すればいいんだよ」

「そうですよね」

新夏も温《ぬる》くなったほうじ茶を飲み、ふと玲子に尋ねた。

「お父さんの写真って、いいんですか」

「何で？　見たことない？」

「ネットで何枚か。でも、本人はポートフォリオとか作ってないし、会社の仕事で撮った写真だから、個人的に残してるものもないそうです」

もともと、新夏は報道写真というジャンルがあまり好きじゃない。痛ましい事件や事故、災害の現場を捉えた写真を見ると、どうしても、わたしならこの局面でシャッターを切れるだろうか、と自問してしまう。切れなかったら自分に失望するし、切れたら自分を嫌いになりそうな気がした。だから、できれば近づきたくない。

「そうだね、勝手に写真集作るわけにもいかないし。こうね、被写体への色気をすごく感じたんだよね。表現が難しいんだけど、執着というか、欲というか」

欲、という言葉にどきりとした。新夏の動揺を察したのか玲子が「変な意味じゃないよ」と取りなす。

「ごめんね、カメラ屋なもんで、言葉の使い方が雑で」

「変な意味じゃないって言われると却って気になっちゃいますよー」

新夏は精いっぱい軽い口調で笑い「最近、盗撮のニュースとかよく聞きますし」と回りくどく悩みの核心に触れる。会話の持って行き方、変かな。これで突っ込まれたら、本当のことを言う？　けど、わたしは玲子さんに何を訊くつもりなんだろう。別れたほうがいいんでしょうか、って？　それで、言うとおりにするの？

　玲子は顎を引き、探るように新夏を見る。

「これも誤解を招きそうだけど、もし関口くんが盗撮なんかしたら、撮ったものをぜひ見たいってお願いするかも。それがものすごくいい出来だったら、『でかした！』って喜んじゃいそう。いや、嫉妬するかな」

「何ですかそれ」

「欲望の発露として、自分には一生撮れない類《たぐい》のものかもしれない。剝《む》き身の魂で対峙《たいじ》して初めて手が届く一瞬があって、そこにバチンとはまった写真は素人のでも感動するんだよね。ましてやそれが関口くんなら、って」

「盗撮は犯罪ですよ」

「知ってる。だからもしもの話。関口くんが盗撮なんかするわけないしさ」

　ですよね、というふうに頷《うなず》く自分の顔は、引きつってやしないだろうか。ですよね、うちの父が盗撮なんてするわけない、それと同じ強度で、彼を信じてたんです。ううん、信じてたっていうのは違う、そもそも疑念の余地すらなかった。それなのに。

「ごめんごめん、失言。冗談だよ」

「わかってますって」

　でも、玲子のあれは本音だ。「欲望の発露」と言った瞬間、疲労で生気が失せていた瞳にきらきらと力が漲《みなぎ》ったのを、新夏は見逃さなかった。この人は、芯からカメラマンだ。呆《あき》れと憧れが同量ずつ湧き上がる。そして思い知らされる。玲子のところで何年下積みのまねごとをしようが、自分はカメラマンにはなれない。玲子もそう思っているし、そう思っているのを新夏が知っているのも知っている。だから新夏は、玲子を尊敬しながら時々憎んだ。

「彼氏と、何年だっけ？」

「五年です」

「じゃあ、結婚するにはいい頃合いだね。お式するんなら、写真係は任せてよ。ご祝儀がわりにノーギャラで引き受けるから」

「ご祝儀が高すぎますよ。ていうかいつもの癖でアシしちゃいそう」

「ウエディングドレスでカメラバッグ担ぐの？　斬新だね」

笑い合っていると、本当にそんな日が来る気がしてくる。でもきっと、マグカップを洗い、スタジオを後にしてひとりになった途端、また気づくに違いない。あ、そういえば啓久って、盗撮したんだった——。

あれこれ考えるより、「生理的に無理」だと感じたら、それはもう駄目らしい。いつからかわからないけれど、「大嫌い」を上回る最上級の拒絶表現は「生理的に無理」ということになっている（と思う）。男よりも女のほうがよく使っているように見えるのは「生理」の二文字が入っているせいだろうか。

一度だけ、啓久を気持ち悪いと思ったことがある。おととしの夏、旅行先のホテルで新夏が、まさしく急な生理で呻《うめ》いていた時だ。いつにない腹痛に見舞われてベッドに転がり、胎児のポーズで脂汗をかいていた。手持ちのナプキンは一枚だけで、痛みの波がちいさくなる隙を縫ってコンビニか薬局に行かなければならない、という窮状をきれぎれに訴えると、啓久が「俺、買ってくるよ」と言った。

——どのメーカーのがいい？　コットン百％？　昼用？　夜用？　羽根はついてるほうがいい？

一瞬、痛みも忘れてまじまじと啓久を見つめた。詳しすぎて気持ち悪い。率直に思った。結局、痛み止めだけ買ってきてもらい、それを飲んで自分で買いに行った。啓久の「俺、ねーちゃんいるから慣れてるんだ」という言葉も何だか言い訳じみて聞こえた。もちろん、単なる事実でしかない。

感謝しこそすれ、嫌悪感を抱くなんて、と後になって自分の狭量さに呆れた。世の中には「自分でコントロールできないの？」なんて言い放つ都市伝説みたいなバカ男もいるというし、それに比べたら啓久の対応は百二十点だろう。でもその時抱いた気持ち悪さは忘れられない。そこまでわかってくれなくていい、そんなに立ち入ってこないで、と思ってしまった。基本的には制御不能で身体にも負荷がかかるメカニズムだから極力労《いたわ》ったほうがいい、その程度の解像度で十分だ。

自分は潔癖なのかわがままなのか、そしてなぜ今思い出しているのか。カーペットに両手をついた恋人の頭頂部にはつむじがふたつあった。知らなかったな。その手前のローテーブルには、飲むタイミングを完全に逸した紅茶とばらのジャムが手つかずのまま沈黙している。

「本当にごめんなさい」

平伏した啓久が言う。真後ろには啓久の両親も揃っていて、こちらはソファに掛けて息子の背中をじっと見つめている。実の子の土下座をアリーナ席で見下ろすのはどんな気持ちなのか想像もつかない。

「もう絶対にあんな馬鹿なまねはしないって誓う。勝手なのはわかってるけど、どうしてもニカと別れたくない」

「この度はご心配をおかけして申し訳ありませんでした」

啓久の父親が深々と頭を下げると、母親も倣った。つむじはひとつずつ。不祥事を起こした芸能人の記者会見みたい、と思った。いや心配とかじゃなくて、と突っ込みたくなるあれ。四つのつむじを目の前にして、新夏は居心地の悪さに膝同士を軽く擦《こす》り合わせる。変に改まった服装にも抵抗があり、きれいめのデニムを選んだのを後悔していた。初めて訪問した時以来の応接間で始まった大人三人ぶんのガチ謝罪を、このカジュアルファッションでは受け止めきれない。謝られる側が正装、くらいのほうが釣り合いが取れる。

「あの、頭を上げてください」

こんな台詞《せりふ》を使うタイミングが、自分の人生に訪れるとは思わなかった。

「ご両親には何の非もありませんし、謝罪は、その……被害に遭われた女の子に」

「ええ、それはもちろん、誠心誠意お詫《わ》びを申し上げました」

啓久の母は、まっすぐに新夏を見据え、答えた。

「言い訳するつもりはないけど、先方もおおごとにする気はないと仰《おっしゃ》ってくれてるの」

「そうなんですね」

新夏は頷く。たぶんこの居心地の悪さは、当事者でも部外者でもない、という半端なポジションのせいだ、と思いながら。「配偶者」ではないし、正式な「婚約者」を称するにもためらいがある。「恋人」って、非正規雇用みたいだ。権利も保障もそれなりにあるけど頼りない。何かことが起こった時、初めてその不安定さに気づく。

「ほら、啓久、新夏さんも頭を上げるよう言ってくださってるんだ、いつまでもうつむいてたって仕方がないだろう」

父親に促され、啓久はゆっくりと顔を上げる。カーペットに押しつけていたためか、額の真ん中がほんのり赤い。

「新夏」

「はい」

「ごめん」

「うん」

聞こえています、という意味での相槌《あいづち》だったのに、三人の表情はわずかにほころんだ。父母息子のトライアングルを見ていると、啓久の顔立ちが両親とすこしずつ似ていることに気づく。親子なんだな。

「啓久、前の晩は相当飲んでたんだろ?」

父親が言う。

「あ、うん」

「気が緩んで、普段の自分なら考えられないことをしでかすっていうのは、よくある話だよ。今回の一件で身に染みただろうから、自己コントロールを身につけないとな」

「はい」

「この先、新夏さんの信用を取り戻すためには一生かけて努力する覚悟が必要だぞ」

「えっ」

思わず声を上げてしまった。三対の視線が新夏に集中する。啓久の縋るような目、その父の探るような目、そして母の咎めるような目。それぞれの感情で色づいたレンズが、新夏にフォーカスしている。どうしよう、何て言ったらいいんだろう。救いを求めるようにティーカップに手を伸ばすと、階段を駆け下りてくる足音が聞こえた。そして近づいてきて、応接間のドアをノックなしに開け放つ。

「何なの、真帆子」

啓久の母親が眉をひそめる。けれど真帆子はもっとずっと険しい表情で「そっちこそ何やってんの」と質《ただ》した。

「三対一で囲んで新夏ちゃんを懐柔しようとして。恥知らず」

「懐柔なんて、そんなんじゃないわよ」

「お詫びをしているだけだろう、何だその言い方は」

父親も加勢する。

「新夏さんとは結婚も視野に入れたおつき合いだったから、私たちも親として頭を下げるのは当然のことだ」

「新夏ちゃん、帰っていいよ」

真帆子は身体を斜めにして通り道を空けた。だからといって「じゃあ」とお暇《いとま》できるわけもなく、新夏が固まっていると、焦《じ》れたように声を荒らげる。

「お父さんもお母さんもどうかしてる。啓久のやったことは性加害だよ。犯罪なの。逮捕されなかったからって、幼稚園児がスカートめくりして先生に怒られた程度に考えてる？　そのスカートめくりで心に傷を負う女の子だっているんだよ。啓久に盗撮された子はショックでスカート穿《は》けなくなるかもしれないし、電車に乗れなくなるかもしれない」

啓久は正座した膝の上でぎゅっと両手を握り、黙っていた。

「いい加減にしなさい。自分が悪いことくらい啓久はわかってる。お前こそ、妄想と思い込みで弟を過剰に責め立てて楽しいのか」

「これが初めてかどうかも怪しいのに。常習じゃなくて、画像をネットに流したり小銭稼いだりもしてないって証明してよ」

「スマホもパソコンも、真帆子が騒ぐから啓久は全部見せたでしょう」

もううんざり、と言わんばかりに頭を打ち振って母親が反論する。

「何もなかったじゃない。なのに、楓の写真まで全部消させて……」

「やりすぎとか思ってんの？　娘の母親として当たり前でしょ。あと、これも借りていくから」

真帆子が片手に提げた紙袋を持ち上げる。

「アルバム、楓の写ったやつだけ剝がして送り返すね。それで、そいつがいる限り、わたしはここに帰らない。娘にも会わせない。一生」

そいつ、と呼ばれても啓久は身じろぎもしなかった。真帆子は一瞬で氷結したように静まり返った室内を眺め回し「新夏ちゃん」と呼びかける。

「もう一回だけ忠告しとくね。今なら引き返せるから流されないで。再犯の可能性もあるんだから」

言いたいことだけ言って真帆子がいなくなっても、凍りついた空気は戻らなかった。新夏もあまりのいたたまれなさにここから逃げ出したかったが、どうにか堪《こら》えて「すみません、啓久さんとふたりだけで話をさせてください」と頼んだ。

二階にある啓久の部屋は、数カ月前に来た時とすこしも変わらない。ベッドとふたり掛けのソファとローテーブル、壁掛けのテレビ、パソコンデスク。いつもならソファに座って勝手にリモコンを弄り、ふたりで楽しみにしているサブスクのドラマを再生しているところだけれど、きょうは座る気になれなかった。

「何か飲むもん持ってくる？　さっき、紅茶に口つけてなかっただろ」

持ってくる？　と言いながら、実際啓久はオーダーするだけで、母親が部屋までデリバリーしてくるのだと思うと遠慮したい。

「ううん、気にしないで」

「座れば」

「ん」

うん、とも、ううん、とも取れる曖昧な返事でその場から動かずにいると、啓久が今度は立ったまま深く腰を折って頭を下げた。

「ごめん、申し訳ない。何度謝っても足りないけど、」

「そういうの、いったんやめてもらっていい？」

新夏は啓久の言葉を遮った。

「え？」

「いったん、ていうか……こっちも、何回謝ってもらってもそれで気が済むとか納得できるって話じゃないから」

「うん」

「とりあえず、何があったのか、ちゃんと啓久の口から聞かせて」

啓久は舌先で唇を湿らせ、何か言おうとしては息だけ吐き出すのを数回繰り返し、ようやく「あの朝は……」と語り始めた。「がっつり酒が残ってて、ぼーっとしてて、でも妙にテンションは高くて浮ついた感じだった。まだゆうべの続きみたいな。新夏と会って、二次会三次会で盛り上がって……朝イチで会議があったから一本早めの電車に乗るために家を出て、駅のホームに並んでる時、目の前に立ってた女の子を何となく見たら、後ろ姿がきれいな子だった。すらっとしてて、特に脚が。朝からついてる、って思った。いま、突風が吹いてスカートが捲《めく》れ上がったらもっとラッキーだなとか妄想してたら電車が来て、その子が動いた時にちょっとだけスカートがふわってなびいたの見た瞬間、何でか、あ、そうだ、今手に持ってるスマホで撮ればいいんじゃんって、普通のことみたいに頭に浮かんだ」

一気に言い切った後、啓久の唇は縦皺《たてじわ》まみれでかさかさだった。この調子で話をさせたら、五分後にはミイラになっているんじゃないだろうか。

「……で、実行に移して、すぐ捕まった。次の駅で降ろされて、駅長室の奥の小部屋みたいなとこで警察に引き渡されて」

新夏は「そう」とだけ答えた。

「そう、ってなに。どういう意味」

「いや、全然わかんないと思って。ごめん」

何で謝っちゃってんだろ。

「うん、俺も、わかんないだろうなと思った。自分でもうまく説明できない。ひと言で済ませるなら『出来心』ってことになるのかな」

「無理だよそれは。そんな、三文字でまとめられても。だって、たとえばすごくお腹が空いてる時にコンビニに入ったとして、お金持ってるのに、出来心でおにぎりを万引きする？

するとしたら、その人は食料が欲しいんじゃなくて、万引きのスリルを求めてるだけだよね」

もしくは精神的に何か問題が——という言葉は飲み込んだ。修復不可能な亀裂を生みかねない。じゃあわたし、終わらせたくないんだな、と思った。「今現在は」「こんな乱暴なやり取りでは」という条件つきではあるけれど。

「スリルなんかなかったよ。どきどきもはらはらも感じなかった。強いていうならふわふわしてた。自分の中では現実感が薄くて、知らないおっさんに『おい』って声かけられた瞬間我に返った」

「……すごく都合のいい主張に聞こえる」

「でも、ほかに言いようがないんだよ。新夏は俺の言うことを信じられないってこと？　じゃあどうすればいい？」

問い返され、言葉に詰まる。啓久の言い分を否定し続けたって不毛なだけ、それはわかっている。でも、あなたにどうしてほしいのかなんて、わたしがいちばん知りたいのに、わたしが頭を絞って考えて結論を出さなきゃいけないの？　不公平じゃない？

「姉ちゃんみたいにパソコンとかスマホの中調べる？　全然いいよ」

「いい。そんなことしたって意味ない」

一週間近く経《た》ってるんだから、いかがわしい証拠なんか簡単に消せる。なのに冷静さを欠いた啓久は「ほら」とスマホを押しつけるように差し出してきて、その待ち受けが東京ステーションホテルと月の写真のままなのを見た瞬間、新夏の頭も一瞬で煮えて「いいって言ってんじゃん！」と啓久の手を振り払った。吹っ飛んだスマホがローテーブルにがつっとぶつかり、それでふたりともが、水をかけられた猫みたいにたちまち大人しくなった。

「啓久、ごめん」

「いや、俺こそ」

互いの気まずさをもごもご口の中で転がしていると、階段を上がってくる足音が聞こえ、すぐにノックの音に変わった。

「ちょっと、大丈夫？　何だかすごい音がしたけど……」

「何でもない。手が滑ってスマホ落としただけ」

啓久が取り繕っても、ドアの外の気配はしばらく消えなかった。何か話したほうがいいとわかっているのに、窺われている緊張感で息を詰めてしまう。やがて、啓久の母が階段をゆっくり降りて行ってから、新夏はちいさな声で「もう帰るね」と言った。

「まだ混乱してるから、ちょっと頭冷やしたい」

わかった、と啓久は素直に応じてくれた。一階に降りると、待ち構えていたように——いたのだろう、実際——啓久の母が応接間から顔を出す。

「先ほどはお騒がせして申し訳ありません。きょうのところは失礼させていただきます」

「あら、そうなの。今、新しいお茶をお持ちしようと思ってたのに」

「すみません」

どうなの、結論は出たの、と知りたくてたまらない目つきで啓久と新夏をちらちら見ていたが、新夏は作り笑いでごまかした。

「そう、じゃあせめて栗の渋皮煮だけでもおうちに持って帰って」

「いえ、お気遣いなく」

こんな時に栗って、と気が引けたが、啓久の母は「栗には罪はないんだから」とこともなげに言ってのけた。いや、それはそうだけど。ひょっとするとこの人、ものすごい天然なのかな。

「はい、これ。瓶詰めは重いから、啓久、駅まで持ってあげなさい」

「うん」

啓久がすんなり紙袋を受け取ったので、新夏はそれ以上固辞できなくなってしまった。神尾家を出てすぐ「自分で持つよ」と手を出したが、「何でだよ」と渡してもらえなかった。

「瓶詰めくらい持てる。カメラバッグに比べたら全然軽いもん」

「新夏、手ぶらだしな」

「うん」

仕事で大荷物になりがちなので、普段はバッグさえ持たないこともしばしばだった。特に秋冬の服はポケットが豊富にあるので、短い外出ならスマホと家の鍵とハンカチとリップクリームさえ突っ込めば困らない。そういえば、初めて啓久とデートした時も「え、荷物ないの?」と驚かれた。でもすぐに「身軽でいいね」と言ってくれたんだった。今は、両手が空いていることが何だか心細かった。手持ち無沙汰を紛らわせたくて新夏から話しかけた。

「真帆子さん、すごい剣幕だったね」

「うん、ずっと激怒してる。たぶん、この件で誰よりも……ひょっとして、俺の知らないとこで新夏も何か言われた？　さっき『もう一回だけ』って言ってたじゃん」

正直に話していいものか若干迷ったが「電話で話したの」と答えた。「当日、啓久のお母さんから連絡もらって、ちょっと経ってから」

「別れろって？」

「うん」

なんなんだよあいつ、と啓久は不快そうに吐き捨てた。「そこまで首突っ込まれる筋合いねえよ。意味わかんねえ」

「娘さんがいるから、過剰反応しちゃったんじゃない」

多少なりとも交流があった身として、家族間のぎすぎすを目の当たりにすると胃が痛い。だから何気なくフォローしただけのつもりだったのに、啓久はショックだったのかその場で固まった。そして、つられて立ち止まった新夏に向かって堰《せき》を切ったように訴える。

「ニカ、待って、さっきは姉ちゃんが興奮しすぎてたから否定しなかっただけで、俺は、ちいさい女の子を、しかも身内をそんな目で見るなんてことは、絶対にない。死んでもない。それだけは信じてくれ」

必死さが、滑稽なほど哀れだった。「それだけは」ってそれだけでいいの？　こっちは全然よくないけど。「ちいさい」って何歳くらいまでを想定してるんだろう。あなたが後ろ姿を気に入って盗撮した女の子がものすごく大人っぽい小中学生の可能性だってあったのにね。高校生は十分子どもなのにね。

「落ち着いて」と新夏が諭すと、今度は脱力して両肩を落とす。

「冷静でいられないのも無理はないって思っただけで、鵜呑みにしてるわけじゃないから」

「うん……」

再び歩き出すと、今度は新夏から尋ねた。

「示談金って、いくら払うの？」

「弁護士の先生の話だと、五十万とか」

「ふうん」

高いのか安いのか、判断できない。

「何でそんなこと訊くの」

「野次馬根性かな」

「野次馬、なの」

「よくわかんない。どういう立ち位置で、何をすればいいのか、見えてこないっていうか……だからって、なかったことにもできないし」

「そっか」

こんな辛気《しんき》くさい会話が申し訳なくなるほど空は晴れ渡り、十一月の乾いた風が心地よく吹き抜ける。クリスマス、大晦日《おおみそか》、初詣。ふたりで過ごすつもりだったこれからのイベントが頭をよぎる。

「都合いいっていうか、意味わかんないと思うんだけど」

啓久が言った。「自分がとんでもないことしでかしたって自覚したのは、警察でニカの顔を思い浮かべた時だった。ニカに軽蔑されて捨てられるかもしれない、そう思ったら怖くてふるえが止まらなくなった」

そう語る語尾は実際に縮緬《ちりめん》のように細かく波打ち、話を盛っているわけじゃないのがわかった。新夏の脳内には恋愛シミュレーションゲーム的な返答の選択肢が浮かぶ。
▼捨てたりしないから心配しないで
▼なら最初からすんなよ
そのどちらも選べないまま、駅に着いた。

「じゃあ、気をつけて」

「うん」

渋皮煮の瓶が入った袋を受け取る時、指同士が触れた。啓久の指はつめたかった。汚らしい、という気持ちが猛然と押し寄せてきて思わず手を引っ込める——なんて展開にはならなかった。目を閉じても判別できる自信があるくらい馴染《なじ》んだ肌への愛着は以前と変わらない。くたくたのタオルケット、うっすらと茶渋が定着したマグカップ、ロゴが剝げたボールペン、恋人の指。むしろ啓久のほうが、電流を流されたようにびくっと慄《おのの》いた。

「大丈夫」

新夏は言う。

「触《さわ》れるよ」

「……うん」

啓久を傷つけずに済んで安心した反面、真帆子のように苛烈な嫌悪が起こらないのが不安でもあった。真帆子さんが正常で、わたしのほうが女としておかしいんだろうか。

瓶は二本も入っていて、確かにずしりと重かった。

「ニカ、次の週末会える？」

「土曜は玲子さんのワークショップ手伝って、日曜は葵とお茶する予定だから、ちょっと無理かな」

「そっか」

「また連絡する」

「俺から、電話とかLINEしてもいい？　世間話とか、雑談程度の」

そんな許可が要るような間柄じゃなかったのに、と初めてはっきりと悲しくなった。

「いいよ」

「ありがとう」

啓久の瞳は犬のように一途《いちず》で曇りなく、だからこそ逸《そ》らしてしまった。つき合いたての、何もかもがめくるめくテンションの時にだってこんなふうに見つめられた覚えはない。この人は、いま最高潮にわたしを好きなのかもしれない。駅のホームに立ち、啓久が並んでいたのはどのあたりだろう、なんてうろついてみたりする。土曜の昼間、思わず盗撮したいほどスタイルのいい女子高生は見当たらなかった。頭上の電光掲示板では隣駅からの矢印が点滅している。並ばなきゃ。新夏の前にいるのは大学生くらいの若い男で、散髪して間もないのか、襟足がすっきりと整えられていた。きれいにしてる。頭のかたちや、広すぎない肩幅も好みかも。でも、人の目を盗んで撮りたいとはみじんも思わない。

自分の身に置き換えて想像したところで意味はないのかもしれない。「相手の立場に立って考えなさい」、幼稚園から小学校高学年あたりまで、周りの大人に何度も言われたおなじみのフレーズ。人間関係における鉄則みたいに思っていたけれど、啓久になったつもりになろうとしても「わからない」が先に立つ。啓久の行為も動機も、新夏の理解が及ぶ遥か外側にあった。ずっと「わかんない」って思ってる気がする。でも「わかった」って思えたところで、それが何になるんだろ。見知らぬ男の後ろについて電車に乗り込み、奥のドア近くと車両の中ほどに分かれた。空席を見つけ、吸い寄せられるように腰を下ろした。何だかひどく疲れた。膝の上に置いた瓶詰めが重石《おもし》みたいだ。コートのポケットがぶるっとふるえ、さっそく啓久が何か送ってきたのかと思い確かめると、真帆子からのＬＩＮＥが届いていた。『さっきは取り乱してごめんね。でも間違ったことを言ったとは思わないよ。これが私の気持ちです。新夏ちゃんがわかってくれますように↓』

ＳＮＳのリンクが貼られていた。タップしてみると、『メイプルヨット』というユーザーの投稿が表示される。「楓」と「真帆子」の「帆」から取ったのだろう。旦那さんも入れてあげればいいのに、と余計なことを思った。

『生まれて初めて痴漢に遭ったのは、小学五年の時だった。バスで隣に座ってきた男が、私のスカートと座席の間に手を滑り込ませてきた。そのまま指をうぞうぞと動かされ、声なんか出せなかった。男が降りるまで、停留場五つぶんの恐怖と屈辱に耐えた。男が立ち上がった瞬間、やっと終わった、と思った。母には話せなかった↓』

『この恐怖と屈辱を、その後の人生で何度も味わうなんてその時の自分は知らなかった。何度遭遇しても身体が強張るし、加害男性には殺意さえ覚える。娘を持った今、彼女もいつかこんな苦痛を体験するかもしれないと想像するだけでどうにかなりそう。二十四時間傍《そば》にいて守ってやるなんて不可能だし↓』

『すみません、とてもいやな出来事があって、過去のトラウマを抑えられない。ぐっすりお昼寝する娘を見ているだけで涙が止まらない。あいつ、まじで一生許さない。人に迷惑かからない方法で今すぐ死んでくれないかな。挿入を伴う行為以外は性加害じゃないって思ってそう』

分割された投稿にはいくつかのリプライや「いいね」がついていた。コメントはどれも「完全に同意です」「私も痴漢被害で病みました」という共感や労りに満ちている。タイムラインを遡《さかのぼ》ると家事や育児の愚痴、懸賞のリポスト、ドラマのちょっとした感想ばかりだったのが、啓久の件をきっかけにがらりと変わっている。

痴漢に遭遇した経験なら、新夏にもある。それはもう、女の人生について回る宿命のようなトラブルとして当たり前に。電車で不自然に顔や身体を寄せてこられたり、路上で性器を見せつけられたり、すれ違いざまに卑猥《ひわい》な言葉を投げつけられたり。もちろんその都度不愉快で、恐ろしく、腹が立った。でも、真帆子と違ってそれら負の感情が啓久とは結びつかない。新夏にとってやつらは目鼻も人格もない「ヒトのオス」というのっぺらぼうの生命体でしかなく、恋人とは全く別の存在だった。啓久に盗撮された女の子にとっては、啓久こそがのっぺらぼうだったのかもしれないけれど。

こんな、感情に任せた一方的なＬＩＮＥにすぐさま返信しないほうがいいと思いながらも、指はするすると液晶の上を滑った。

『ありがとうございます。真帆子さんのお気持ちはわかりました。でも、真帆子さんはわたしのために別れるよう勧めてくださっているというより、啓久さんに罰を与えたいという怒りが勝っているように思います。もし違っていたらごめんなさい』

汗マーク、入れとく？　いや、いいか。

『今後については自分でじっくり考えて結論を出さなければいけない問題ですが、ペナルティの道具みたいにされるのはちょっと抵抗があります』

送信すると、心臓に悪い速さで既読がついた。もう取り消しもできない。軽く後悔したが、もうどうにでもなれという開き直りのほうが遥かに大きかった。啓久と関係を続けるにせよ別れるにせよ、真帆子との縁は切れることになりそうだし。

『わかっていただけなかったようで残念です』

新たな吹き出しがしゅっと生成される。

『示談になろうが、私にとって肉親が性犯罪者っていう事実は一生変えられない。でも、あなたにはその足枷《あしかせ》から逃れる選択肢もあるんだから、絶対にそのほうがいい、と私なりに思いやったつもりです』

わざとらしい敬語に、他人の切った爪を素足で踏んだような気分にさせられた。

『気持ちはわかるなんて、簡単に言わないで』

うるせえ、と危うく口に出してしまうところだった。そっちこそ、わかってないって簡単に言ってるじゃん。人の気も知らないで。画面を上に上にスクロールしていくと、あの日より前の和やかなやり取りが記憶より確かに保存されている。ＬＩＮＥで繋がった時の『よろしくお願いします』から始まり、新年の挨拶、楓が生まれた時のお祝いとそのお礼。『弟のこと、よろしくね』というメッセージを見た瞬間、眼球の奥がつきつき痛んだ。断ち切られたのはわたしだけじゃない、この時の真帆子さんは、もうどこにもいないんだ。いっそ泣けたらすこしはすっきりするかもしれないのに、まばたきのたびにぺりっと音がしそうなほど、新夏の眼球は乾いていた。

土曜日のワークショップは、カルチャースクール主催の「初心者向け一日カメラ講習会」だった。セミナールームで玲子が簡単なレクチャーを行い、その後は参加者全員で森林公園に行って思い思いの写真を撮り、最後に作品の講評がある。参加者が公園のあちこちに散っていくと、新夏も芝生エリアで被写体を探した。誰かが飛ばしたシャボン玉がふよふよと漂ってきて、芝生の向こうの木立と、一面の鰯雲《いわしぐも》を背景に撮ろうとカメラを構えたが、ファインダーを通すと同時に、淡いプリズムを見た瞬間の高揚が色褪《いろあ》せてしまった。つまらない写真は、撮る前からわかる。つまらなくても差し支えない仕事なら気にせずそのままシャッターを押すのだけれど、今は無理に残す必要もないのでカメラを下ろした。

心がふるえた一瞬をそのまま留《とど》めたいだけなのに、カメラを経ると変質してしまう。技術でも経験でもない何かが、自分には決定的に足りない気がしている。玲子みたいに、写真集を何度もめくって憧れた数多《あまた》の写真家みたいに、眼差しが切り取った世界に価値や意味を与えられる人になりたかった。「今」でなきゃ、「ここ」でなきゃ駄目だったんだと、見る者に伝えられる力が欲しかった。

風に流れては音もなく消えるシャボン玉の群れをぼんやり眺めていると、後ろから「撮らないの?」と声をかけられた。ソニーのミラーレス一眼をぶら下げた、中年と老年の中間くらいの男だった。顔全体にまんべんなく皺があり、でも肌つやは妙によく、不自然に真っ黒な髪が豊かに繁っていた。粉糖をまぶしたような眉毛が本来の色合いなのだろう。眉マスカラとか知らないんだろうな。

「あ、ちょっと休憩中です」

愛想笑いで返すと、さらに近づいてきて新夏の手元をじっと見つめる。

「女の子がニコンなんて、硬派だねえ」

「父が新聞社でカメラマンをしていたもので、その影響です」

「ああ、キヤノンより『色がそのまま出る』なんて言われてたもんねえ」

「よくご存じですね」

「いやいや、下手の横好きだよ」

面倒くさいのに目をつけられた。敢《あ》えてビギナー対象の講座に申し込み、年下の女に知識でマウントを取ってくるおっさんは掃いて捨てるほどいる。数年に一度、玲子が個展を開く時に受付や手伝いで一日ギャラリーにいたらこの手の男が羽虫のようにまとわりついてくるのはもはや恒例行事だった。

「あなたは久保先生のお弟子さん？　写真集とか個展とか、そういう活動はしてるの？　見たいなあ」

「いえ、アシスタントをさせてもらってるだけで、本格的な弟子ってわけじゃないんです。普段は写真館の手伝いとか、通販関係の撮影とか……」

「ああ、そう」

男はなぜか満足げな笑みを浮かべ、言った。

「女の子はそのくらいがちょうどいいよ。久保先生のアシスタントにつけるだけでラッキーなんだし」

どういう意味ですか、と訊く気にもなれず、その後もちょろちょろつきまとってくるのを適当にあしらった。講評まで終わって部屋の後片づけをしていると、玲子に「あんまり早く帰らないほうがいいかも」と忠告された。「おっさんに目つけられてたでしょ、出待ちしてるかもよ」

「まさか」

「ごめんね、助けに入ってあげたかったんだけど、ほかの参加者さんから質問受けてて。女と合法的に接触できる機会を絶対逃すまいとする男って、どこにでも現れるよね」

「わたしみたいな色気も化粧っ気もない女にまで、ふしぎですよね」

「新夏に魅力がないとは全然思わないけど、ファミレスのドリンクバーと同じじゃない？　そんなに喉渇いてなくても、とにかく何杯か飲まなきゃ損みたいな。質とか好みは度外視なんだよ」

「理解不能ですね」

「男の欲望って、女から見ればブラックボックスみたいなところあるよね。得体が知れなくて。お互いさまかな？」

「その中って、女には見られないんでしょうか」

「男の側から、蓋をずらしてちらっと覗かせる時はあるでしょ。萌えとか性癖って言葉で」

「底のほうは？」

「見せられても見たくないな、わたしは」

玲子はかぶりを振る。「そんなの知っちゃったら、この世のオスというオスが絶滅してほしいと願わない自信がない」

「玲子さんでも？」

「どういう意味よ」

「酸いも甘いも嚙み分けてるように見えるから」

「買い被り。新夏はそんなもの見たい？」

男の、啓久の中にもある箱。それを覗いたら、啓久がやったことを理解できるのだろうか。適切な解法を示された方程式や化学式のように揺るがない答えが存在し、頭にかかり続けている靄《もや》を晴らしてくれるのか。

「うーん……どうでしょう」

言葉を濁すと、すかさず尋ねられた。

「彼氏と何かあったの？」

ごまかしが通用しない時の訊き方だった。新夏は素直に「はい」と答える。

「私で力になれること？」

「話を聞いてもらえたら、それだけで楽になれると思います。ただ、今はうまく話せる自信がなくて」

「うまく話さなくたっていいんだよ」

「はい、でも」

新夏の逡巡を素早く察し、玲子は「そっかそっか」と軽く流してくれた。「無理しないで。

私まで新夏の負担になりたくないからね。何かしてほしいことがあればいつでも言って。私の『いつでも』は、本当に言葉どおりに受け取っていいんだからね」

「ありがとうございます」

玲子の笑顔に、泣きたくなった。わーっと泣いて、啓久への怒りや真帆子への愚痴をぶちまけられたらいくらかはすっきりできるだろう。でも、理性でも分別でもない何かが自分の胸につかえて、鬱憤を吐き出すことを許さない。意地なのかもしれなかった。まだ、まだわたしの眼で見極めていない。自分を、そして恋人を。

トイレに立ち、手を洗ったついでに鏡を覗き込んでみる。普段はメイクもメイク直しもしないから、こんなにまじまじ見つめる機会は少ない。自分の顔についてそんなに深く考えたこともなかった。不満やコンプレックスは当然あるにせよ、十代の頃の、いつもどこかを擦りむいているようなひりついた自意識過剰は収まったし、美容医療や整形を真剣に検討するほど悩んでもいない。

でも今、鏡の中の自分と向き合うと、至らない、という言葉が浮かんだ。わたしの外見が至らなかったから、啓久は盗撮なんてしたんじゃないだろうか。わたしがもっと美人だったら、きちんと化粧をしていたら、髪を伸ばしてつややかに手入れしていたら、ボディメイクを頑張っていたら、短いスカートを穿き、バッグに化粧ポーチを持ち歩いていたら。自分の好みを押しつけてこない啓久のやさしさに甘えてあぐらをかいていたから、こんなことになったんじゃないの？　無表情な鏡像に問いかける。何でわたしが責任を感じなきゃいけないんだろうね、とも。

玲子は「ちょっと急ぎの仕事があるから、あとお願いしてもいい？」とおそらく新夏を気遣い、先に出た。新夏はひとりきりになったセミナールームでスマホを弄る。啓久から『きょうめちゃめちゃいい天気だね』とLINEがきていた。こんな、返信のしようもない日常のメッセージや短い電話が恒例化している。か細い糸が切れないよう必死に手繰っている啓久がかわいそうだと思う時もあれば、自業自得だよと突き放したくなる時もあり、新夏の情緒は一向に安定しない。真帆子からはあれ以降何の音沙汰もなかったが、こうしてふっと空白の時間ができると、彼女のSNSを覗く癖がついてしまった。いつ見ても女が受けた性被害についてのニュース記事や個人の声を熱心にシェアし、「刑罰が軽すぎる」とか「額に『性犯罪者です』って刺青《いれずみ》してほしい」とか、コメントをつけていた。最近では、やたら距離を詰めて胸元や脚を凝視してくる男、あからさまに匂いを嗅いでくる男が公共交通機関に出没しているらしい。それらの行為にもいずれ名前がつき、罪として罰せられるようになるんだろうか。盗視罪？　盗臭罪？　真帆子さんはわたしが見にきてると思って、わたしに当てつけるためにせっせと情報発信してるのかも。そんな被害妄想じみた勘繰りまで浮かび、精神衛生上よくないとわかっているのにやめられない。ため息が、空っぽの部屋に浅く溜まる。

気持ちを切り替えなければ。わざと勢いよく立ち上がり、消灯と施錠を済ませてビルの一階に下り、カルチャースクールの受付に鍵を返した。そのまま外に出ようと踵《きびす》を返した時、ふと、講座のパンフレットやチラシがずらりと並んだ薄いラックが目に留まる。今まで気にもせず通り過ぎていたのに、どうしてだろう。視線で活字をざっとさらっていくと、『性加害者のためのワークショップ』という見出しが飛び込んできて息を呑んだ。これが、半ば無意識の領域に垂らされた釣り針に引っかかったのか。薄っぺらいA4用紙にモノクロ片面刷りというそっけないチラシは、そこに並んだ多様な案内の中で群を抜いて目立たなかった。むしろそういう意図で作成したのかもしれない。どれほどひっそり紛れ込んでいても、必要としている人間には必ず届くだろうと――今の新夏みたいに。

新夏はそれを一枚手に取り、念のため、とさらにもう一枚引き抜いてふたつ折りにし、トートバッグにしまった。

「ああ、よかった、まだいた」

まったく周囲に気を配っていなかったので、その声は突然降って湧いたように聞こえ、咄《とっ》嗟《さ》にバッグを胸の前で抱え、振り返る。さっきの講習会にいた男だった。鼓動は一気に速くなったのに、末端がぞわっと冷えて鳥肌が立ったのがわかる。自律神経がエラーを起こしてしまったんだろうか。

「あ、ごめんなさいねえ、驚かせちゃって」

口調は慇懃《いんぎん》なものの、まったく悪びれていないのがわかった。男はなぜか軽く息を切らせ、額に汗まで浮かべている。距離を空けたい気持ちを堪えて「いえ」と努めて冷静に答える。いつから、どこから見てたの？　何のチラシを手に取ったか、ばれているだろうか。自分自身に後ろ暗いことなど何もないはずなのに、万引きを目撃された気分だった。

「お忘れ物ですか？　一応、最後に部屋の中は全部チェックしたんですけど」

「いえいえ、これをね、家まで取りに帰っていて」

男はジャケットの内ポケットから細長いチケットを取り出した。

「お父さんが新聞社でカメラマンをされてたって言ってたでしょう。この近くでちょうど報道写真の展覧会やってて、もらいものの券があったのを思い出したんですよ。ひょっとしてもう行っちゃったかな？」

「いえ……」

「じゃあよかった」

差し出された券は二枚あり、誘われているのは明白だった。本当にもらいものかどうか怪しい。急いで会場に買いに走っていたのかもしれない。どちらにせよ、初対面の新夏にそこまでのカロリーをかけて口実をこしらえてくるというのは気持ちが悪かった。父の職業を洩らしたことを後悔したがもう遅い。

「せっかくだし、どうですか、今から」

普段なら、これまで身につけてきた処世術を総動員して表面上だけでも穏便にお断りができたと思う。けれどその時の新夏は、弱みを握られたという錯覚をどうしても消し去れず「はい」と答えてしまった。男は満足げに頷いた。正しい回答にたどり着いた生徒に向けるような表情だった。男は浅川《あさかわ》という名前で、自動車部品メーカーを早期退職してからは学生時代の趣味だったカメラに再び興味が出て、という話を、移動の間にぺらぺらと語っていた。新夏についてあれこれ訊かれるよりは気が楽だった。相槌のタイミングにだけ注意を払っていればいい。

「あなたは、何ていうお名前だったかな。講習会で聞いたのに忘れちゃった。名刺はお持ちじゃない？」

「関口です。名刺は作ってないんです」と嘘をつく。それにしても、名前も忘れる程度の興味しかない女に、なぜわざわざ声をかけるのだろう。

「下の名前は？」

その情報、何のために要るの？

「新夏です」

「漢字は？」

「新しい夏です」

「いいねえ、新夏ちゃんか」

会場に着いた時点でもう限界だった。「わたし、順路とか気にせず見たいので」と浅川を振り切って展示室の奥へ奥へと競歩のようにぐいぐい進んだ。このまま出口から走って撒いちゃおうか、でもチケット代をまだ払っていない。つけいる余地を残すと面倒そうな気がする。厄介な男に対するこの手の勘は、悲しいほど外れてくれない。考えあぐねながら壁に貼られたパネルに目を泳がせる。海外の紛争、災害救助の決定的瞬間、渡り鳥の編隊。その中に『関口幸伸《ゆきのぶ》』とクレジットが入った写真を見つけた。

火事の現場だった。雑居ビルらしき建物から炎と黒い煙が上がっている。キャプションによると撮影されたのは三十年近く前で、撮影者——つまり父——は、偶然火事の現場に遭遇したらしい。新夏が赤ん坊の頃だが、うっすら見覚えがあるので、おそらくネットで目にしていたのだろう。けれど、こうして精細に引き伸ばされた写真の前に立つと、迫力が違う。深呼吸すれば熱気と煤《すす》を吸い込んでしまいそうな生々しさに圧倒された。父の瞳の球面に揺らめく火の粉を見た気がした。写真館の表に飾られた成人式や七五三のショットとはあまりに違う、一瞬にも満たない刹那の対峙。こんな写真、撮るんだ。玲子さんが惜しんだのも当然だ、と納得するとともに、やっぱりわたしとは世界が違う、と苦く思い知らされた。

そこから動けずにいると、当然、浅川に追いつかれた。そして当然のように近づいてきた浅川は写真のクレジットに気づき「あれぇ」とわざとらしい声を上げる。

「これ、関口って、ひょっとして新夏ちゃんのお父さん?」

「はい」

「すごいねえ、こんなところで展示されるなんて。今もお仕事されてるのかな?」

「あー……もう引退してます」

「え、じゃあもうカメラは全然やってないの?　趣味でも?」

「仕事で満足したみたいです」

写真館をやっていて、などと正直に話せば来かねないのでごまかした。

「そっか、もったいないね」

「はい、本当に」

そこは本心を述べた。この写真展も、新夏が進んで見にくることはなかっただろうから、ほんのすこし浅川に感謝した。そして三秒後に後悔した。

「でも、偶然って書いてあるよね。ラッキーだったんだな。ま、そういうのに巡り会う運も含めてカメラマンの才能なんだろうけど」

こんな男に、父娘まとめてラッキーだと思われているのが不快だった。他人を安易に幸運だと決めつけるタイプは、往々にしてその対価としての不運を自分が支払っているように錯覚して一方的な不満を溜め込む。会場を出てすぐに入場料千五百円を払おうとすると「お釣り持ってないからLINEペイにしてくれない？」と見え透いた手を使ってくる。どうにか連絡手段を保とうとするのもドリンクバーの範疇《はんちゅう》なのだろうか。

「大丈夫です、わたしきっちり持ってますから」

「あ、じゃあ、そのお金でお茶でもご馳走《ちそう》してもらおうかな。そのほうがスマートでしょう」

どの口でスマートとか言ってんの？　ささやかな感謝などすでに跡形もなく、新夏はうんざりした表情を隠せないまま「これから彼氏と待ち合わせてるんで」と、いちばん効果のありそうな断り文句を口にした。

「あっ、そう」

途端、糸を引きそうにねとっとしていた浅川の目が一気に乾き、シャットダウンされたように光を失うのがわかった。現金を渡す時、手を握られるんじゃないかとひやひやしたが、幸い浅川は無言のまま大人しく受け取った。ほっとして、一応「ありがとうございました」と軽く頭を下げ、背を向けると同時に「ちっ」という舌打ちが聞こえた。ちいさく、しかし確かな悪意を含んだ音に背中全体がざわざわ粟立《あわだ》つ。いやだ、この人、怖い。新夏は振り返らず足早に駅へと向かった。十分少々の距離がひどく遠く思えて、信号待ちのたび足踏みしたいほど気が急いた。

改札を通ってから後ろを確かめると、人ごみをかき分けてくる浅川の、のっぺりと空ろな表情が見え隠れして危うく悲鳴を上げるところだった。絶対に新夏と目が合ったのに、笑うでも手を振るでもなく、ただこちらに向かってくる——ように見えた。電車に乗ろうとしているだけだとは、どうしても思えなかった。「どうしよう」と「落ち着け」が頭の中で交互に点《とも》る。新夏は自宅と反対方向の電車に乗り、次の駅でドアが閉まる寸前に飛び出して降りると、脇目も振らず改札を走り抜け目についたタクシーに乗った。ドライバーは珍しく中年の女性で、心底ほっとした。自宅までは出費が痛すぎるため沿線のマイナーな駅を指定し、屈《かが》み込んで身を潜める。

「どうかされました？」

「何でもありません」と蚊の鳴くような声で返す。あんなおっさんについてこられたくらいで、とどんなに自分を叱咤《しった》しても、怖いものは怖かった。見知らぬのっぺらぼうからいやな目に遭わされるのと、若干でもコミュニケーションを取った相手がのっぺらぼうになる瞬間を目の当たりにするのとでは、恐怖の質が違う。家は駅のすぐ近くだし、父親だっているのに、心細くてたまらない。膝と顔の間で両方の拳を握り、気持ち悪い、と声に出さず吐き捨てた。何だっていうの。期待させるような餌はひとつも撒いていないのに、勝手に盛り上がって勝手に機嫌を損ねて、挙句、つきまといみたいなまねをするなんて。

あの、怒りでも好意でもない空っぽな真顔には見覚えがあった。高校生の時、学校の敷地を囲む塀の外に、下半身を丸出しにした若い男が立っていた。

——ねえ、何かいるんですけど。

窓際でお弁当を食べていたクラスメイトが気づくと、たちまちみんな外を覗き込んで「やば」とか「キモ」と騒ぎ出し、両隣の教室も似たような状況だった。

誰も怯《おび》えていなかった。真っ昼間だし、学校という守られた空間だし、女子校だったから、お互いに虚勢を張っていた部分もあったと思う。こんなの怖くないよね、と。怖がったら負けな気がしていた。男に対してではなく、周りの女の子たちに。「何が楽しいんだろうね」と葵が言い、新夏は「わたしに訊かないでよ」と答えた。あの時は、男にならわかるんだろう、と漠然と思っていた気がする。女に生殖器を見せつける行いの快楽が。

——何やってるんですかー?

——寒くない?

男は何を言われても、スマホを向けられても無反応で、萎《しな》びた性器を空気と視線に晒したまま、感情を丸ごと落っことしてしまったような白紙の表情で佇《たたず》んでいた。じき、騒ぎを聞きつけた教職員に取り押さえられ、翌日には誰かがその動画をSNSに上げて軽くバズったことが話題になり、その翌日には誰も口にしなくなった。どうってことない話だった。だからさっきのことも、啓久のことだって——。

「あの、本当に大丈夫ですか?」

女性ドライバーは訝《いぶか》しむ口調ではなく、新夏を心配してくれているのが伝わってきた。

「さっきちょっと、その、男の人についてこられた気がして」

「えっ」

ちょうど赤信号で車が停《と》まり、女性が慌てて振り返る気配がした。

「後ろをついてきてるタクシーはなさそうだけど……何かされたんですか?」

「いいえ、直接的には何も」

話したことですこし気持ちが落ち着き、新夏は顔を上げて「すみません」と笑顔をつくった。

「仕事で軽く話しただけの男性だったんですけど、彼氏ってワードを口にした途端に態度が変わったので怖くなっちゃって。でも、わたしの勘違いか自意識過剰かもしれません」

「そういう直感は大事にしたほうがいいですよ」

女性はやさしく言った。「取り返しのつかないことになったら、悔やんでも悔やみきれないもの。うちにも高校生の娘がいますけど、ちょっとでも違和感があったら逃げるか周りに助けを求めるかしなさいって、いつも口酸っぱくして言ってますよ。幸いというか、本人にはまだそういう経験がないので『はいはい』って聞き流されちゃうんですけど」

いずれは自分の娘も「そういう経験」をする日が来る、と確信しているようだった。その気持ちは新夏にもわかる。

「それにしても怖かったでしょう。よかったらこのまま警察に相談に行きますか？　付き添いますよ」

「……いいえ、本当に、危害を加えられたわけではないので」

「ですよねえ、警察も話聞いておしまいだろうし……家族でもない男の人についてこられるって本当に怖いのに、それじゃ罪にならない、逮捕されないなんておかしいですよ。危ない男って、そこらじゅうにうようよいるんだから」

彼女自身、悔しい思いをしたことがあるのだろう。声に熱がこもる。信号が青に変わり、車が発進すると後部座席に放り出していたトートバッグがぐにゃりと崩れ、中からさっきのチラシが覗いた。ぎゅっと両手の指を組み合わせる。

浅川さんが本当にわたしを追いかけていたとしても、それ自体は罪じゃない。でも啓久の盗撮は完全に罪で、第三者から見れば啓久のほうがよっぽど「危ない」。啓久は浅川さんより下。そう考えると目の前にそばかすみたいな黒い点が次々現れて何度もまばたきをした。わたしの彼氏、盗撮で捕まったんですよね、別れてないんですけど、と言えば、こんなにやさしい運転手さんだってわたしを軽蔑の目で見るかもしれない。共感が裏返って敵意に変わる。危ない男の傍にいる女だって危ないに違いないんだから。

でも、今。わたしは啓久に会いたい。顔を見て、声を聞いて、浅川さんの一件を大げさなくらい訴えたい。そうして啓久に「何だよそいつ、ありえない。腹立つな」と怒ってもらって安心したい。ほかの誰かじゃ駄目だ。新夏はスマホを取り出し、啓久とのトーク画面を開いた。『会いたい』とひと言送れば啓久はきっとどこにだって喜んで来てくれる。自分たちの関係が修復される、と信じて。結果、新夏が別れを選んだら、ただ都合よく啓久を利用しただけになってしまう。半端に期待を持たせてはいけない、と思い直し、スマホをバッグに戻した。

心身ともに疲れて帰宅すると父はスタジオの掃除中で、掃除機をかける丸まった背中や、いつの間にかずいぶん白の割合が多くなったごま塩頭を見て一気に緊張が解けた。やっと安全地帯に帰ってきた。

「ただいま」

「おかえり」

「手伝う?」

「いや、もう終わるよ」

「じゃあ晩ごはんつくる」

「買い物行けてないから、冷蔵庫に何もないぞ」

「在庫整理メニューにしよう」

「うん」

半端に残っていた野菜や豆腐、冷凍していた豚肉を使って生地をこしらえ、テーブルにホットプレートをセットしてお好み焼きを焼いた。青のりがなかったので大葉を刻んで載せたら、父に好評だった。

「帰りが遅かったから、どこかで晩めし食べたのかと思ってたよ」

「ちょっと写真展覗いてて」

浅川の存在は伏せて答えた。

「へえ、今、何か面白いのやってるのか」

「報道写真展だよ」

コップに瓶ビールを注ぐ父の手が止まった。

「……珍しいな。その手のには興味なかったんじゃないのか」

「うん、たまにはと思って。お父さんの写真もあったよ、雑居ビルの火事のやつ」

やるじゃんパパ、と冗談めかして持ち上げても、父はにこりともしなかった。

「どうしたの？」

「いや、そんなの撮ってたっけな、忘れてた」

「またまた」

「本当だよ。たまたま火事に遭遇したから、いちばん乗りで写真が撮れた。派手に見えただろうが、実際はすぐに鎮火されて亡くなった人もいなかった。あれはただのまぐれだ」

仮に、その現場の父と同じポジションで同じカメラを構えたところで、新夏にはとてもあんなふうには撮れない。でも、父のテンションがあまりにも低いのでそれ以上何か言うのは憚《はばか》られた。

「それより、お前こそどうなんだ。結婚話の進展は」

今度は新夏が手を止める番だった。

「……ぼちぼちと」

もうちょっとうまくごまかさないと駄目じゃん。自分に腹が立つ。父は短い答えに何か察するところがあったようで「ま、思うようにしなさい」と会話を切り上げ、「つまみ、何か欲しいな」と冷蔵庫を漁《あさ》り始めた。庫内の照明に淡く照らされた父の、気づけば貫禄たっぷりになっていた腹回りをぼんやりと眺め、それがわかんないだもん、と新夏は駄々っ子みたいに思った。

何が自分の「思うよう」なのか、わかんないの。


葵の新婚旅行土産は、ボヘミアンガラスのネックレスと、ミュシャのポストカードだった。

「わーきれい！　ありがとう」

久しぶりに心が浮き立つのを感じ、美しいものに感動できることに嬉しくなった。

「こちらこそだよー。式の写真、どれも超よくって、お互いの親戚にも大好評」

新夏の喜びように満足したのか、葵もにこにこと応じる。

「今はさ、スマホで写真も動画も簡単に撮れるけど、やっぱりプロは全然違うなって実感したよ。新夏はすごいね」

「そんなことないって」

本当に、ちっともそんなことはない。でもその事実を葵にくだくだ語って聞かせたところで何にもならないから、謙遜レベルの否定に留めて新婚旅行の土産話に耳を傾けた。ポットでサーブされた紅茶の一杯目を飲み干す頃、葵は突然あたりを憚るように声をひそめる。

「あのさ、新夏……神尾くんのこと、大丈夫？」

その声音と表情で、あの一件を指しているのだとすぐにわかった。表沙汰にはなっていないはずなのに、どうして。笑顔を引っ込めて口を噤《つぐ》んでいると、葵が二杯目の紅茶を注いでくれる。

「同期がね、電車の同じ車両にいたんだって。神尾くんが連れて行かれるのを見てたらしくて、一部で噂《うわさ》になってる。でも大きい会社だし、ほとんどは知らないから、みんなすぐに忘れるよ」

「そっか」と短く返すのが精いっぱいだった。忘れても、忘れ去ってくれるわけじゃない。新夏がもし啓久と結婚したら、彼らはすぐに思い出して新しい噂話を楽しむのだろう。あの件、奥さん知ってんのかな？　すごいよね、と。

「新夏、ごめんね、神尾くん紹介したのわたしだから、何か責任感じちゃうっていうか」

「葵のせいなわけないじゃん」

紅茶に口をつける。渋くてぬるかった。口元に注がれる視線で、葵が次の言葉を待っているのは明らかだった。これからどうするのか、新夏の決断を聞きたがっている。葵は、責任と同時に「自分には知る権利がある」とも思っているようだった。

「迷ってるんだ」

カップをソーサーに置いて新夏はためらいつつ答えた。「啓久とも話し合って、今はすこし冷却期間を置いてるんだけど」

「神尾くんは何て言ってるの」

「別れたくない、って。わたしはまだ、答え出せてなくて……」

え、迷うことある？　別れる一択でしょ。葵からそんな批判が飛んでくるのを想定して身体を固くし、身構えた。けれど葵の反応は違った。

「このまま目を瞑《つぶ》って結婚するって選択、全然ありだと思う。もちろん、生理的に無理ならしょうがないけど」

出た。滅びの呪文、「生理的に無理」。

「え？」

「なに、わたしが別れろって言うと思ってた？」

「うん。ていうか、それが普通の反応でしょ」

「そうかな」

葵は声をひそめ「だって痴漢したわけじゃないんだよね？」とささやいた。

「うん。写真撮ろうとして、てか撮って……」

「だったらわたし的には情状酌量の余地ありだな」

「どうして？」

「単純に、写真くらいだったらよくね？　って。いや、よくはないけど……触るよりまだましって感じ。トイレや風呂に忍び込んだわけでもないんだしさ。実際、自分が盗撮されたらそりゃ気色悪いけど、顔映った状態でネットに晒されなきゃ実害はなくない？　ただのパーツだもん」

「その発想はなかったかも」

　あまりにあっけらかんとした葵の口ぶりに、そう返すのが精いっぱいだった。そんなわけない、という反発と、そうなのかもしれない、という楽観が混じり合う。テーブルの上ではボヘミアンガラスの青く透明な影がちらちら揺れていて、そっと指先を重ねると青いフィルターがかかった。本当に、きれい。思わず目を奪われていると葵が軽く身を乗り出し、さらに低い声でささやいた。

「だって、つき合って五年でしょ。……正直、『こんなことで』って感じしない？」

　自分の中で確かに燻《くすぶ》っていた気持ちを言い当てられてはっとした。口に出すことはもちろん、思ってもいけない気がしていた。

「盗撮がどうでもいい罪っていうわけじゃなくて、こう——言い方が難しいな、もったいないよ。今まで仲よくやってきたのに、こんなことで壊れるのは」

「葵がわたしの立場だったら別れないの？」

「別れない」

友人は、驚くほど潔く断言した。「問題のないカップルなんているわけないじゃん。大事なのは問題そのものじゃなくて、自分がどこまで許容できるかでしょ」

「でも……」

葵がわたしの立場だったらそんなふうに断言できないよ。口論はしたくないので、言い方を考えていると葵のほうから「適当言ってんなよって思ってる？」と畳み掛けてきた。

「犯罪じゃないけど、うちの夫、つき合い出してから三年で五回、浮気してるんだよねー」

紅茶についてきたちいさなクッキーをつまみながら、まさしく茶飲み話のノリで言ってのける。

「え？」

「言っとくけどガチだよ。浮気未満の段階で潰したのも含めたらもっとあるけど、まだまだ盗撮とじゃ釣り合わない？」

「いや、釣り合いとかじゃなくて」

新夏もついクッキーに手を伸ばす。白くて丸いスノーボールクッキーは、口に入れた途端、力尽きたようにほろほろ崩れていく。

「……知らなかった。葵、全然そんなこと言わなかったから」

「言えないよ。神尾くんも新夏もお互いひと筋って感じだったからさ。覚えてる？　前に何かの拍子で新夏が『啓久のスマホを見たいと思ったことがない』って言ったんだよね。それはもう、曇りなき眼《まなこ》でさ。まぶしくて目がしぱしぱしちゃった。これ、いやみじゃないよ」

「それでも結婚しようと思えたのはどうして？　やっぱり好きだから？」

「もちろん、好きは好きだよ。でもそれだけじゃやってけないよね。総合的に見てって感じかな。愛情って、総合的な判断のことでしょ」

葵が擦り合わせた指先から、真っ白な砂糖の粉が落ちる。あまりに細かい粒子の行方を、新夏の目は追いきれない。ねえ新夏、と葵は、幼児に言い聞かせるような口調に変わった。

「はっきり言っちゃうけど、大企業勤めで、実家が太くて、大きな減点要素もない男を手放してどうするの？　もう三十だよ。結婚考えられるレベルで、もっといい相手にこれから出会えると思う？　新夏が一生独身で子どももいらないって思ってるんなら別だけど。打算って言われようが、いい大人が将来設計もなく結婚に踏み切るほうが信じらんないし」

啓久と結婚したら、仕事はすこしセーブするつもりだった。子どもが生まれれば、何年かは育児に専念したいとも。その青写真はもちろん啓久の稼ぎが前提になっている。今だって、実家を出てひとり暮らしするにはかなり厳しい収入だった。浅川に言わせると「そのくらいがちょうどいい」らしい自分の現状を改めて突きつけられ、新夏は唇を噛む。要するに葵は、新夏程度のスペックで啓久を手放すなんてもったいない、と思っているわけだ。せっかくのラッキーなのに、と。

「結婚前に弱み握っておいたっていう考え方もできるでしょ。すごく有利な条件で婚前契約書作ってもいいし、新夏が家計管理してお小遣い制にするとかね。とにかく主導権を握るんだよ。スマホを持たせないのは不可能でも、保険を掛けることはできる。それに、神尾くんのほうが待ちくたびれて『別れよう』って言ってくる可能性だってあるんだよ。それで、心機一転して新しい彼女とうまくやってたら腹立つでしょ？　新夏、損しかしてないじゃん」

「……損得とかじゃ、ない」

わたしはどうして言い返してるんだろう、と思った。真帆子に別れろと言われてつらかった。男のブラックボックスの怖さを知っている女なら冷めて当然、そうでなければ裏切り者扱いされるのかと不安だった。なのに、葵に背中を押されても素直に喜べないでいる。

「じゃあ、なに？　新夏は何を迷ってるの？」

「啓久がどうしてあんなことをしたのかわからなくて。わたしがいるから満たされてたはずなのに、とは思わないけど、そこをちゃんと理解できないと、この先もずっと二回目があるんじゃないかって疑っちゃうから、信じきれないまま一緒にいるのはお互いにとってよくない。わたしは彼をわかりたいの」

「わかる日なんかこないでしょ」

葵はあっさり言った。「男と女だもん。わからない部分にこだわるより、わかり合える部分を擦り合わせてくしかないんじゃないの。話聞いてると、新夏ってやっぱりアーティストって感じだね。『わかる』とか『ちゃんと』とか、すごくふわふわした言葉に思える。『わかる』って具体的にどういう状態？　『ちゃんと』ってどういうライン？　神尾くんに提示してる?」

もうお腹はたぷたぷなのに、紅茶のお代わりを注いでしまった。答えられないことから逃げたかった。わかり合う、ということを思う時、カップのアイスをスプーンで端からこそげていく光景を連想した。わからない部分をひたすら取り除いていけば、真ん中にろうそくみたいに残った自分がぐらぐら揺れている。わからないことをわかりたいと思うのは、わかろうとするのは、徒労に過ぎないんだろうか。わかり合える人、わかり合える部分で共鳴するのは大切だし安心するけど、そこで完結していていいの?

「たとえば、新夏がすっごく惹かれる写真を撮る人がいたとして、そんなふうに撮れる理由を理解したいからって、その人のカメラを分解しないでしょ。それくらい不毛な要求だと思う。撮った本人の生き方とか人間性の表れなんだから」

「そのたとえじゃ、啓久が盗撮をするような人間性だって聞こえる」

きょうは、こんな話をするつもりじゃなかった。ゆっくりお茶を飲みながら他愛ないおしゃべりに興じ、旅先で撮った写真を見せてもらって気分転換ができるだろうと楽しみにしていたのに。

「誰にだってそういう可能性はあるんじゃない? もちろんうちの夫も。盗撮するような人がたまたま今までしなかっただけって思うのと、盗撮しないはずの人がたまたまこのタイミングでしちゃったって思うのと、気の持ちよう次第じゃん。やったことはやったことでしかない。どこでどう踏み外したのか、原因を正確に特定して解決できるんなら、この世から犯罪者はいなくなるよね」

葵とは十年以上のつき合いだけれど、こんなにも割り切った考え方をしているとは思わなかった。ついこの間まで、好きなアイドルと「結婚したい、ていうかする、まじで」と熱弁していたような気がするのに。葵が大人になったのか、それとも新夏が友人のドライな一面を見落としてきただけなのか。

「盗撮したからって、それが神尾くんのすべてじゃないでしょ。わたしに言われるまでもなく、スペックだけじゃない彼のよさがたくさんあるのに、一回の盗撮で帳消しになっちゃうの？」

「そんなわけない」

無意識のうちにネックレスを手繰り、握りしめていた。つめたいガラスの感触が手のひらを慰めてくれる。

「そんなふうに思えないから、苦しいんじゃない」

もし盗撮で捕まったのが浅川だったら、やっぱりね、としか思わない。「そういう人」だと納得し、今後の人生で接点がないことを願うだけだ。啓久が見るからに「そういう人」だったら、そもそもつき合っていない。でも「そういう人」ってなに？

「どっかで線を引かないと、お互いしんどいだけだよ」

葵の指先がテーブルを横一文字に滑る。マグネットネイルの玉虫色が、心を決められない自分みたいで苦しい。

「たとえば、次も同じことやったらアウト、触ったらアウト、その手の写真とか動画を見たらアウト。今を基準に線を引けばすっきりするし、相手も、そのラインを守ることが愛情の証拠だって示せるでしょ」

心の中で、「わかる」と「わからない」の間に線を引く。線はまっすぐではなく、ところどころでうねうねと双方に食い込んでいる。その形状を確かめたいのに、線は新夏を囲む円になり「わかる」を閉じてしまおうとする。女だからわかる。男には、男のことは、わからない。「わかる」の内側で守られていると、とても安心する。安心して、「わからない」へ踏み出すことを忘れてしまう。

あいじょう、とごくちいさく復唱してみる。今、啓久への「愛」は揺らぎ始めていて、それを「情」でどうにか支えている状態かもしれない。

啓久と初めて出会ったのは、葵が主催した合コンでだった。「写真の仕事をしてる」と話すと、啓久は「へえ、かっこいいじゃん」と目を輝かせた。

——やっぱ、そういう芸術系の学部とか、専門学校とか出てんの?

——ううん。父が写真館やってるから、それでカメラ弄ってるうちに何となく。父の知り合いから数珠繋ぎみたいに仕事もらってるけど、貧乏暇なしだし、全然かっこよくないよ。

——俺、写真だったらあれ好き、水たまりの、モノクロの……。

——ブレッソン?

——たぶんそう。すげえね、すぐ当てた。

と感心してから、啓久は「ひょっとしたら誰でも知ってるだけ？」と急に照れ始めた。無邪気さに、好感を持った。「俺でもわかるような写真展に連れてってよ」とリクエストされ、ふたりでソール・ライターを見に行くと、立ち止まってじっくり眺める作品が同じだった。

——これ、笑ってるのに寂しい感じがして好き。

——雪の上の足跡って、妙に切ないよな。

ついつい アングルや色調を分析してしまう新夏と違い、啓久の感想は素直だった。会うたびどんどん好きになった。それに反比例して、写真で身を立てたいという意欲は徐々に薄れていった気がする。啓久のせいじゃない。自分だけの一瞬を探すより、「ニカ」と呼ぶ時、横に引き伸ばされる唇のかたちや、二の腕の日焼けの境目を見つめていたかった。それらは新夏を落胆させなかったから。新夏が特別な世界を切り取れなくても、啓久が新夏を特別にしてくれたから。啓久が新夏のフレームから永遠にいなくなるなんて、考えられなかった。

待ち合わせのカフェに、啓久は息せき切って飛び込んできた。

「遅くなってごめん、ちょっと上司に摑まってた」

「十分も遅れてないよ、気にしないで」

別れ話じゃないから、と前置きして呼び出したので、啓久の顔に憂いはなく、つやつやとした喜びで輝いていた。水を持ってきたウェイトレスが微笑ましげな視線を向ける。わたしたち、何の問題もない幸せそうなカップルに見えてるんだろうな。コーヒーが運ばれてくるまで、夜は寒いねとか当たり障りない話をした。近所の住民とでも交わすような世間話にも啓久はじっと聞き入り、熱っぽく新夏を見つめる。これから切り出す用件を思うと、胸が痛んだ。

コーヒーの湯気が落ち着く頃合いを見計らって、新夏はテーブルの上に一枚の紙を差し出した。

「これ、よかったらどうかなって」

そこに書かれた文字の意味を理解するのと同時に、暖房で上気していた啓久の頬から、スイッチを切ったようにすっと赤みが引くのがわかった。

「この間、玲子さんの手伝いでカルチャーセンターに行った時、そういう窓口があるって知ったの。秘密は厳守してくれるし、必要に応じてプロのカウンセラーが話を聞いてくれるって。実は一度、電話してみたんだ」

最初はメールで『当事者以外が参加して話を聞くことは可能でしょうか?』と尋ねた。冷やかしでないと示すために住所氏名と携帯番号を書き添えると、翌日、主宰者だという男から電話がかかってきた。

――当事者のみで構成された自助サークルなので、部外者の参加はお断りしております。

ということは、この人も何らかの性犯罪に手を染めたことがある。ほんの数センチだけれど、スマホを顔から遠ざけてしまった。

——そうですか……。

——今、話しておられる関口さん？　が、参加希望ということでしょうか？　あなたは女性ですよね、失礼ですが、どういった理由で？

——彼氏が、盗撮で逮捕されました。

自分でも驚くほどあっさりと打ち明けていた。見知らぬ相手だから却って気楽になれたのか、それとも、同じ「前科者」相手だからか。後者だとすれば、自分はとても性格が悪い、と思った。

——ああ、それは……。

——動機を聞いてみたんですけど、わたしにとっては納得しがたいというか……カルチャースクールでたまたまこちらのチラシを見て、何か彼にとってプラスになるんじゃないかと思って。いきなり勧めるのも気が引けたので、まずはわたしがお伺いしてどんな雰囲気か確かめたかったんです。

——そうだったんですね。

警戒を解いたのか、男の声がやわらかくなった。

——ご事情はわかりました。関口さんも混乱して傷ついておられる最中でしょうに、そんなふうに行動しようとされる姿勢に頭が下がります。

真摯《しんし》な言葉に、さっきの自分の挙動を恥じた。

——ですが、僕たちの集まりは、対話して内省を深めていくという目的上、時には腹を割って恥を晒す覚悟も必要です。当然、女の人には聞かせられないような話題もあります。なので見学というのは無理ですね。

——はい、わかりました。

想定内の回答ではあった。でも、予想よりずっと温かな反応だったので、思い切って突っ込んだことを尋ねてみた。

——彼女や奥さんのいる方も参加されてると思いますが、そういう女性たちの集まりって、あったりしますか？

——うーん、参加者同士で交流するうちに、各々のパートナーも繋がりができたりっていうケースはあれど、あくまで個別の話ですね。僕が知らないところで集まっているかもしれませんが。

——そうですか。最後に、単刀直入に伺いますが、そのサークルに参加することで、効果ってあるんでしょうか。

すこし間が空き、「効果という言葉で表していいのか……」と慎重な答えが返ってきた。

——一定の抑止弁にはなっていると思います。これもあくまで参加者の自己申告ですが。ここでの対話を思い返したり、仲よくなったメンバーの顔を思い浮かべて踏みとどまれたり。まあ、おまじないというかお守りというか……たとえば、神社にお参りに行った足で信号無視やポイ捨てをするのってすごく抵抗があると思うんですよ。そんな感じかもしれません。ただ、関口さんのパートナーの経緯は存じ上げませんが、内面に抱えている根深い問題が性犯罪というかたちで表出しているケースもあり、その場合はカウンセラーや精神科医と治療に臨んでもらうのが最良だと思います。僕らの会は、すごく乱暴な言い方をすれば、同じ穴のむじな同士でくっちゃべってるだけなんですよ。逆に言えば、何も強制はしないので、気軽に……っていうのは無理でしょうが、悩みを吐き出す場として利用してもらったらいいと思います。

瀬名《せな》と名乗った男は、最後に「あまり思い詰めないでくださいね」と新夏を気遣った。

「電話の印象だと誠実だなって思った」

啓久が黙り込んでしまったので、新夏は話を続けた。「お金も会議室のレンタル代を頭割りする程度だし、サポートしてくれてるカウンセラーもいるみたいだから――」

「――みたいだから？」

啓久がつぶやく。「みたいだから？　なに？」

「行ってみたらどうかなと思って。試しに、一度だけでも」

「わかった」

あまりにもあっさりと応じられ、却って不安になった。そしてその不安は、的中した。

「行かなきゃ新夏に許してもらえないんなら、行くよ。何でもするって言ったもんな」

「違う」

新夏は啓久の言葉にかぶせるように言った。覆いかぶさり、聞かなかったことにしたかった。

「そんなつもりで勧めてない、ていうかそれじゃ意味がない。啓久に考えてほしかったの。うまく言えないんだけど、わたしは啓久をわかりたいの、わかるっていうのがどういうことかも含めて。でもどうすればいいのか途方に暮れてて。まず、啓久自身が啓久をよくわかってないんじゃないかと思った。あの件について、うまく言葉にできてないでしょ？　もうしないって言い切るためには」

「新夏は俺を疑ってるってこと？」

「そうじゃない」

「そうだろ。もうしないって言われても信用できないから、行動で示せってことだろ？　それはもっともだけど、え、何これ、性加害者のための自助サークル？　俺、ガチのやつらと一緒にされてんの？」

テーブルの上のチラシを、啓久が爪でこんこん叩《たた》く。新夏の手の甲がちくちく痛んだ。

「女襲ったやつとか、それこそロリコンとか来たら、そいつらの前で俺、何話せばいいわけ？　そいつらの何を聞けばいいわけ？　何を思えばいいわけ？　万引きと銀行強盗ってレベルが違うだろ」

「それは……行ってみないとわかんない。どんな人が来るのかも」

啓久は顔を歪《ゆが》め、ため息をつく。こんなはずじゃなかった、と思っているのだろう。もっと前向きな話ができるはず、何なら、新夏が和解を申し出るかもと期待してここに来たのに、と。

そんなの、わたしのほうがもっとずっと思ってるから、と腹が立った。自分が悩んだのと同じ時間、啓久にも葛藤してほしかった。明確な答えが出ないとわかっている自問を、何百回、何千回でも繰り返してほしかった。それが、あなたがわたしに示せる唯一の愛情なんじゃないの？

「もうやらないっていう理由なら明確に言えるよ、コスパが悪いから」

「コスパ？」

「人を殺したわけじゃない、物を盗んだわけじゃない。一回の出来心でニカとの間にひびが入って、母親は泣いて、父親は不機嫌になって、姉は怒り狂って、姪にも会えなくなった。リスクが大きすぎるって痛感した」

逮捕されたわけじゃない、会社をくびになったわけじゃない。でもこの人は「割に合わない」と思っている。確かに、誠意や悔悟の念よりもコスパ感覚のほうが信用できるかもしれない。「こんなことで」という葵の言葉を思い出す。あれも結局コスパの話で、啓久には葵みたいなタイプのほうが合っているのかもしれない。わたしはきっと、面倒くさい女なんだろう。でも引き下がれなかった。割り切れない、という自分の気持ちをせめて認めてほしかった。あなたの眼差しで世界を見られたら、そしてわたしの眼差しで見てもらえたら、こんなに言葉を費やさなくて済むのに。

「何か、理由があって——たとえば親の仇《かたき》とかで——人を殺したんなら、受け入れられるかは別にして理解はできるよ」

「俺がやらかしたことは殺人よりひどいって言いたいの？」

「違う、大きな声出さないで」

さっきのウェイトレスが、ちらりとこっちを見やったのがわかる。痴話喧嘩だと思ってるかな。彼女の目に、わたしたちはもう「幸せそうなカップル」として映らない。

「自助グループがいやなら、カウンセリングはどうかな。自覚してない悩みとか原因があるかもしれないし」

「カウンセリング行って、生い立ちやプライバシー深掘りされて、ニカが納得できるようなわかりやすい動機が発掘されれば満足？　実は記憶の底に閉じ込めてたこんなトラウマがあって、とか。そうしたらニカは『なら仕方ないね』って俺を理解して、許して、ゼロベースに戻してくれんの？」

啓久は新夏の提案でなく、新夏自身を拒絶しているように見える。別れたくないんじゃなかったの？

五年つき合ってきて、大きな喧嘩をした記憶はない。大概はいわゆる「ボタンの掛け違え」というやつで、どちらかが歩み寄って自然修復されるレベルだった。新夏はさほど感情の起伏が激しいほうじゃなかったし、啓久はいつも寛容だった。気が弱いとか自分がないという意味でなく、主張を引っ込めて新夏に譲ることを「負け」と取らない健全さがあった。

「お互い実家暮らしっていうのがいいんだと思う」と、いつだったか葵に言われた。

——同棲《どうせい》とか、相手の家で毎週末だらだらしちゃうとか、とにかく「生活」に侵食された途端、きれいごとじゃ済まなくなるもんね。たまのホテルとか旅行でなら、気を張っていられるし。

日時や場所は忘れても、わたしたちの何が「きれいごと」なんだろう、とかすかに不快だったことは覚えている。葵って、そういうところがある。ナチュラルに人を下に見て、それを相手に悟られても平気でいる。ちょくちょく引っかかるけど、いいところもたくさん知ってるし、トータルでは仲のいい友達――そうか、これも「総合的な判断」だった。

肌が光り輝いて見えるモデルや女優だって、ズームすれば毛穴が露わになってしまう。そんな現実に価値はないから引いて全体を見る。なのに新夏は、啓久の過ちにフォーカスしたまま目を逸らせないでいる。シャッターを切る勇気もないくせに。

「ニカは俺をわかりたいんじゃない、ニカが受け入れられる、都合のいいストーリーを欲しがってるだけだろ。ありもしないものを『ある』前提で求めて、俺がそれに応えないだけで反省の色がないって見做そうとしてる。俺を信じようともしてない」

「違う、わたしは……」

言葉が継げなかった。反論しなければ、啓久の言い分を認めてしまうことになる――そう思った時、愕然《がくぜん》とした。わたしは、啓久を言い負かしたいだけ？　あなたは悪いことをしたんだから、あなたの主張なんか通るわけないって、心のどこかで見下してるんじゃないの？　啓久のことが今でも好きなのに。

どうしてだろう。恋とか愛とかやさしさなら、打算や疑いを含んでいて当然で、無垢《むく》に捧《ささ》げすぎれば、時に愚かだ幼稚だと批判される。なのに「信じる」という行為はひたすらに純度を求められる。一点の傷や汚れも許されないレンズのように澄みきっていなければ、信じていることにならない。純白以外の白はすべて黒で、百かゼロかしか存在しない。そして一度でも、わずかでも損なわれたら、二度と元には戻らない。

信じてほしいんなら、絶対に認めないでほしかった。カメラアプリが何かの拍子に作動していただけだと、否認を貫いてほしかった。そうすれば、起訴されようが有罪判決を下されようが、会社を首になって家族から見捨てられようが、啓久を信じていられたのに。わたしだけはあなたをわかっているから大丈夫、という狭い幻想の中で幸せに暮らせたのに。どうしてわたしのために嘘をつき通してくれなかったの。

駄目だからだよね。そんなことしちゃいけないからだよね。知ってる。

新夏は視線を落としてしまった。啓久の手が紙を握りつぶすのが見えた。そして伝票も一緒に引っ摑み、新夏の視界から消える。

冷蔵庫から父親のウイスキーをくすね、部屋にこもって夜更けまで飲んだ。手頃なつまみがなくて、啓久の母親にもらった栗の渋皮煮を食べた。胸焼けしそうにねっとりと甘い。深夜の通販番組では、名前を聞いたこともない男女のタレントが、カップルという設定で謎のメーカーの掃除機を褒め称えていた。明け方に寝落ちし、昼前にスマホの着信で起こされると、あの朝を思い出して動悸《どうき》がひどくなった。着信音、変えよう。左胸を押さえながら応答すると、タイムリーに啓久の母親だった。重たい頭にさらに負荷がかかる。

「はい」

『新夏さん？　今いいかしら？』

「はい」

『きょう、これから何かご予定はある？』

「いえ、特に」

『よかった。柚子《ゆず》のジャムを作ったの、取りに来ない？　新夏さん、柚子好きだったでしょう』

「あ、はい、ありがとうございます」

彼女と顔を合わせたくなかった。でも予定がないと正直に言ってしまったし、柚子ジャムを毎年喜んで受け取っていたのも事実だ。観念して「今から伺います」と応じ、電話を切る。台所で甘露煮の空き瓶を洗って煮沸していると、父がやってきた。

「なに？　コーヒー？　淹れるよ」

「うん。どこかに出かけるのか？」

「……啓久の家に、ジャムもらいに」

「そうか」

父の顔は、心なしかもの言いたげに見えた。いつもどおりに振る舞っているつもりでも、隠しきれていないのかもしれない。でも何も訊こうとせず「夕方以降は冷え込むらしいから気をつけろよ」と送り出してくれた。

「甘露煮、うまかったよ。あちらのお母さんによろしくな」

「うん」

外に出ると確かに風のつめたさが格別で、コートの前をかき合わせて駅へと急ぐ。

そういえば、啓久抜きで家に行くのは初めてだった。インターホンの前でいつもと違う緊張に指がためらったが、思い切って鳴らせば待ち構えていたように間髪容《い》れず「はあい」と明るい声が返ってくる。前回とは違い、リビングに通された。

「寒いのにわざわざお呼び立てして、ごめんなさいね。今年は特にうまくできたから、どうしても早くお渡ししたくて」

「ありがとうございます、楽しみです」

柚子ジャムを湯で溶いてはちみつを混ぜた柚子茶を、去年もここで飲んだ。啓久や真帆子もいて、クリスマスケーキをどこで買うかで盛り上がっていた。あのささやかで温かい光景はもう戻ってこない。湯を沸かしている間、啓久の母は、新夏から返却された甘露煮の瓶の蓋を開け、くんくん匂いを嗅いでいた。軽く眉間に皺を寄せ、小鼻を膨らませた表情が、ドラマの展開に文句を言う時の啓久とよく似ていて、おかしくて悲しかった。

音を立てないよう注意して熱い柚子茶を啜る新夏の目の前に、啓久の母が腰を下ろす。真正面はちょっと息苦しいな、と思っていると、ふたりを隔てるローテーブルの上にしわくちゃの紙が放り出された。きのう、啓久が握りつぶした例のチラシだった。

「こういうことはね、やめてほしいの」

啓久の母は、穏やかな笑みを崩さず言った。

「きのう、あの子、『新夏と会うから晩めしいらない』って楽しそうに出て行ったのに、帰ってきたらものすごく落ち込んでいてね。かわいそうなほどだった」

それで、息子さんの部屋のごみ箱を漁ったんですか？　喉まで出かかった言葉を柚子の皮と一緒に飲み込む。きちんと両膝を揃えて座る恋人の母親の、ひと目で上質とわかるなめらかそうなカーディガン、パールのネックレス、渋いボルドーの口紅やベージュのネイル。さりげない佇まいが鉄壁の武装に見えて怯《ひる》んだ。

「新夏さんも、ジャムを煮るといいわよ」

プロのモデルみたいに、ミリ単位で口角の持ち上げ方を計算しているのかもしれない。

「わたしも、新夏さんくらいの頃には夫婦でいろいろあったの。恥を忍んで打ち明けるけど、大きなお腹を抱えて、真帆子をおんぶして、会社から夫を尾行したことだってある。歓楽街の、わたしからすればおぞましいようなお店にはしゃいで入っていく背中を見て、本当に殺してやろうかと思った。でも、ジャムを作り始めてからずいぶん楽になった。新鮮な果物を、形が崩れるまで砂糖と一緒に煮詰めて、ぐらぐらに煮沸した瓶に詰めて蓋をして……濁りのない澄んだジャムを、夫がおいしいおいしいって食べるのを見たら、すっと溜飲《りゅういん》が下がるの。あなたも試してみるといいわ」

いちご、りんご、ブルーベリー、さくらんぼ、桃、梨、柿、いちじく、みかん……これまでお裾分けされたさまざまなジャムには、どんな負の感情が煮立てられていたのかと思うと、喉がきゅっと挟まった。憎悪という毒素を長年摂取させられていることを、夫や子どもたちは知るよしもないのだろう。滅菌済みの容器できちんと管理される、甘くとろけた果物。新夏の位置からは、六人掛けのダイニングテーブルとアイランドキッチンが見える。あの大きな冷蔵庫や戸棚の中には、まだたくさんの瓶が眠っているのかもしれない。

でも、と新夏は反論する。

「お父さんの遊びは、犯罪じゃない、ですよね」

本気でそれを伝えたかったわけじゃなく、言われっ放しは悔しいという子どもっぽい反発心だった。頑《かたく》なな小娘みたいに扱われ、妻の心得とか嗜《たしな》みをこの人から説かれる筋合いはない。仮に啓久と結婚する未来があったとしても、無用なライフハックだ。

ねえ、とやさしく問いかけられた。

「ひょっとして、これはふたりの問題だから、なんて思ってる?」

あまりにもピンポイントで胸のうちを言い当てられ、思わず背中を反らした。

「警察に出向いたのはわたし、会社へのフォローを入れたのも、夫に取りなしたのもわたし、先方や弁護士さんに頭を下げたのも、全部わたしなのに?　どうしても許せないならお別れすればいいだけの話じゃない。終わった話をこれ以上蒸し返さないで」

もし、啓久と結婚した後だったら、それはわたしの役目だったのかもしれない。妻の役目として夫の尻拭いに奔走していたら、心から示談を喜べたのかもしれない。お母さんは、わたしの頑固さじゃなく、わたしが「恋人」だから損な役割を免れたことに腹を立てているのかもしれない。ジャムも煮ず、ただ悩んでいるだけのわたしのずるさに。カップに半分以上残った柚子茶が冷めていく。マグカップを包んだ手のひらに温度の低下が伝わってくる。もうひと口も飲みたいと思ってないけれど、この間からこんなのばっかり、と侘《わび》しい気持ちになった。紅茶もコーヒーも、ろくに味わえないままつめたくまずくなっていく。

「我が子を守りたくて必死になれば、もうひとりの我が子からはそっぽを向かれた。ねえ、その痛みの半分でもあなたに背負わせた？　あなたはかすり傷ひとつ負ってないのに、どうして被害者みたいな顔をしているの？」

啓久の母は、あどけなく小首を傾《かし》げる。

「……蒸し返さないで、と言われるほどの時間は経ってないと思うんです。わたしにも、彼にも。じゃあいつって訊かれてもはっきりお答えすることはできないんですけど」

「若い方は悠長なのね」

悠長なんかじゃない。わたしはこんなに焦ってるのに。早く答えを出したい、早くこんなもやもやした日々にけりをつけたい、啓久がしたことを、過去に置いて行って歩き出したい。なのに、もったりした水の中で走っているようにうまく動けない。

「弁護士さんに訊いてみたの。前科っていうのはいつ消えますかって。幸い、啓久は前科がつかなかったけど」

十年、ですって。たっぷりと溜めをつくったわざとらしい物言いに、深夜の通販番組を思い出した。その数字で、どんな感情を喚起させようというのだろうか。

「懲役で十年、罰金なら五年で、前科の効力は消えるそうよ。知ってた？　新夏さんも十年許さないでいたらすっきりするのかしら？」

違うんです。許さないでも許せないでもなく、わからなくてわかれないから、進めないいんです。それが絶対に不可能なことだとしたらどうすればいいのかもわからない。でも、その話をあなたとはしたくない。

「すみません、わたしもう帰ります」

手ぶらで啓久の家から逃げ出し、そのまままっすぐ帰るつもりが、興奮とも消沈ともつかない感情が渦巻いて足を止められない。駅をスルーしてやみくもに街を歩き、気づけば怪しげな看板がにょきにょき頭上に突き出す狭い通りに入り込んでいた。「サービスタイム　三十分三千円」といった立て看板もあちこちに見える。昼間のラブホテル街は、砂浜に打ち捨てられたゆうべの花火の残骸みたいに侘しい。

人影のまばらな路上で、堂々とご休憩先を吟味する男女の後ろを通り過ぎながら、たとえばここで行きずりの男とホテルに入ったら、すこしは気が晴れるのかなと考えた。そして啓久に打ち明ける。これでイーブンだね、って。わたしの苦しさがわかった？　わたしを今までと同じ日で見られなくなるでしょ？　お互いさまだよ。

自嘲的な笑いが込み上げ、唇を嚙む。啓久以外の人となんてしたくない。啓久にしか見せたくないし、啓久しか見たくない。でも、啓久はそうじゃなかった。こんな、自傷みたいな気持ち悪い想像が何になるの。思い知らせたいんじゃない、わかってほしいだけなのに。

ずいぶん遠回りして駅に着き、ホームでスマホを見るときょうも真帆子のタイムラインは活発だった。ある女性タレントの妊娠報告を引用し『おめでとうございます』とコメントをつけている。そのひと言で終わっていればごく普通の祝福なのに、『夫さんのこと、ちゃんと見張っててくださいね』と続いていた。『もう二度とあなた以外の女性を傷つけることがないように。妊娠とかすごいですね、あの遺伝子が怖くないいんだ』

新夏は天を仰ぐ。せめてきれいな空でも見て、目から入ってきたノイズを洗い流せたらいいと思ったのに、シュークリームの皮みたいなぼこぼこした雲が一面を覆っている。

その女性タレントの夫もかなり有名な俳優だったが、数年前、常習的かつたちの悪い不倫が週刊誌に報じられて以来、まったく見かけなくなった。騒動の最中は「離婚秒読み」「巨額の慰謝料」といった真偽不明の情報で外野が盛り上がっていたが、新夏はさして興味がなかった。放っておいても流れ込んでくるネットニュースの見出しや短い概要から「そりゃ離婚だろうな」と思った記憶はある。そうだ、その時も葵は「わたしなら別れない」と言っていた。

——だって完全に遊びっぽいじゃん。本気の相手だったら許さないけど。

新夏の感覚は逆で、本気で好きになったのならまだ納得できる。何にせよ、他人事だったからジャッジも同調も簡単で、すぐに忘れた。その後も彼らには彼らの時間が流れて、どうやら別れを選ばず、真帆子を始めとした一部の野次馬はそれが許せないようだった。

『性加害同然の不倫やらかした男と同じくらい、それを受け入れるパートナーが気持ち悪いよね。みっともない共依存を、時には「子どものために」なんて言葉でごまかして、男はどうせ反省もなく同じことを繰り返すのに。不倫夫と別れない芸能人も無理。テレビに出てたら即チャンネル変えるし』

誰かの返信がついている。

『わかります～！　キモすぎ！　でも私は、底辺同士くっついてくれてた方が周囲に被害が広がらないからいいような気もしてます笑。旦那の性欲処理も含めてちゃんと面倒見てよねって。自分でハズレを選んだんだから笑笑』

真帆子はさらに泣き笑いの絵文字で応えていた。ねえ、それはどういう感情？　彼女が憎いのはもはや啓久より新夏のほうなのかもしれない。何でだよ。腹が立つ。でもわかる。ブラックボックスに女を引きずり込むような不誠実な男が捨てられる、そんなわかりやすくて胸がすくストーリーを台無しにされて、いらいらするよね。悪いことをしたんだから、目に見えるかたちで報いを受けてほしかったんだよね。そうでなきゃやってらんない、って、他人事なのになぜか思っちゃうんだよね。

「悪い人」に傷つけられたりせずに生きていきたい。でも、現実には「ただの人」が「悪いこと」をしている。真っ白はありえず誰もがグレーで、さまざまな理由やタイミングで黒に染まったりする。新夏だってその可能性を孕んでいる。

自分というフレームの外で確かに存在していたものを消せるわけじゃないし、せめて信じたい角度、信じたい構図でフォーカスして世界を切り取るのが精いっぱい。だけど、自分の視線を知りもしない被写体と、自分を見つめ返している被写体とでは、シャッターにかけた指の重みは全然違う。


家に帰ると、父親はダイニングテーブルについたままで、新夏が淹れたコーヒーはサーバーにそっくり残っていた。

「どうしたの？　具合でも悪い？」

「いや。お前こそ、ジャムは？」

訊かれて、ジャムを受け取らなかったことを思い出し、とっさに「電車に忘れてきちゃった」と嘘をついたが、父の顔を見れば騙せていないのは明白だった。

「まあ、座れば」

「うん」

勧められるまま向かいに座ると、父は言いにくそうに切り出した。

「なあ、もしかしてなんだが、結婚の話、うまくいってないのか」

「そうだね」

全否定しても余計に心配させるだけだろうから、正直に答えた。

「それは、離婚して父子家庭なのも影響してるんじゃないのか」

「違うよ、今どき、それくらいのことで……」

「一度会った印象だと、それくらいのことを重視しそうなご両親に見えたんだよ。神尾くん本人はともかく」

「でも本当にお父さんが原因じゃない」

本当に、今となってはそれくらいのこと、何の障害でもない。冴《さ》えない表情のままの父が、ぽつりと「いつか話そうとは思ってたんだ」とつぶやいた。

「この間、俺の写真を見たって話、してただろう。火事の」

「うん」

「あの、燃えてたビルの中に、お前とお母さんもいたんだよ」

「え？」

「俺は別の取材から帰る途中で火事を知ってすぐ駆けつけて、夢中でシャッターを切った。お母さん——美月《みつき》は、会社に俺の書類を届けに来る途中で、たまたまあの雑居ビルに入ってたCDショップに寄り道したらしい。会社の最寄駅でもなかったし、あそこにいるなんて想像もしてなかった」

「全然知らなかった」

新夏は当たり前のことを言い、父も「赤ん坊だったからな」と当たり前のことを返した。

「ちょうど今くらいの時期だったかな、冷え込んだ日で、上階にあるマッサージ店がストーブを消し忘れた。会社に戻って、もう夕刊には間に合わない時間だったけど、急いでフィルムを現像に出して、美月が来てないことに気づいたのは夕方頃だった。家に電話しても繋がらなかったから、入れ違いになってるんだろうと思って、書類の提出〆切もあって正直いらいらしてた。そうしたら、美月が病院から会社に電話をかけてきて、お前たちが搬送されてたのを知った。幸い、軽く煙を吸った程度で、その日のうちに家に帰れたけど」

「それで、離婚したの？」

「うん」

「何で？　だって知らなかったんでしょ？」

「美月も新夏も死ぬかもしれなかったのに、俺はその目と鼻の先で興奮してカメラを構えてたんだ。事態を知ってからも、翌日の朝刊に写真が載るのを止めなかった。撮ってる最中から手応えがあって、どうしてもお蔵入りにしたくなかった。一面で大きく扱われて、社の内外で賞をもらって……取り返しがつかないことをしたって気持ちは、後から徐々に湧いてきた」

「離婚して、会社を辞めたのはどうして？　仕事を選んだからお母さんと別れたんじゃないの？　わたしの世話をしなきゃいけなかったから？」

そもそも、お母さんはどうしてわたしを置いて行ったのか——それは、父に投げかけるべき問いではなかった。

「もちろん、新夏を親任せにしないで育てなきゃ、とは思った。でも何より、あの火事以降、駄目になっちゃったんだよな、俺」

父は急に軽い口調で、おどけるように肩をすくめてみせた。

「事件とか事故の写真撮るのが。こういうのもイップスっていうのかな、いろんなこと考えちゃって、シャッター押せなくなった。新聞社にいて、花鳥風月しか撮りたくありませんって芸術家みたいな言い分は通用しないから」

「今も？」

「撮る機会がないけど、そうだと思うよ」

「……もったいない」

新夏の言葉に、父は苦笑した。

「カメラマンの業を感じるな」

「逆だよ。業を背負えるほどちゃんとしたカメラマンじゃないからこそ思うの。あれは、すごい写真だった。お父さんの話を聞いた今でも思う」

ありがとう、と父は言った。ごめんな、とも。


飲み頃を逃して酸っぱく冷えたコーヒーを鍋にかけ、砂糖とふやかした板ゼラチンを加えて溶かした。沸騰させるとゼラチンが固まりにくくなるから、火加減には気をつける。新夏が子どもの頃、父はよく余ったコーヒーでゼリーを作ってくれた。耐熱グラスに流し込んで冷蔵庫で寝かせたゼリーは夜にはすっかり固まっていた。子どもの頃のように牛乳をかけ、スプーンでぐちゃぐちゃにクラッシュする。白と黒が混ざって薄い泥の色になる。新夏はゆっくりと啜るようにゼリーを食べた。

以前に会った時と同じホテルのラウンジを指定した。待ち合わせの五分前にやってきた母は窓の外に目をやり「ここ、ひょっとして前と同じ席？」と尋ねる。

「うん、予約の時にお願いしたの」

「いい眺めだもんね」

同じホテル、同じラウンジ、同じ席、同じ景色。日暮れは明らかに早まっている。まだ何も起こっていなかった日とシチュエーションをそろえたところで時間を巻き戻せるわけじゃない。でも、あの夕方の自分の残像が今もここに座っているような気がして、迎えに行きたいと思った。ふたりともビールを頼み、無言のまま軽くグラスのふちを触れ合わせた。

「きょうは、新夏のほうから会いたいって言ってくれた記念日ね」

「え、初めてだっけ？」

「そうよ」

「ずっと定期的に会ってたから」

自分がものすごく親不孝な人間に思え、慌てて言い訳をしたことでむしろ冷淡さを裏付けてしまった気がした。

「ちっちゃい頃は寂しい時もあったよ、でもわがまま言ったらいけないって思って」

あれは、何歳のことだろう。父と母と三人で上野動物園に行き、上野駅の構内で別れた。父親と手を繋いで歩きながら、遠ざかる母の後ろ姿を何度も振り返った。でも母は立ち止まりも振り返りもせず、規則正しい足取りで別のホームに向かっていた。ひょっとするとタイミングがずれただけで、母も新夏の背中ばかり目にしていたのかもしれない。それでも、一度も目が合わなかったという事実が、自分たちの関係を象徴しているように思えてならない。たとえ血が繋がっていても、お互いに憎み合っているわけじゃなくとも、縁や交わりが薄い関係というのは確かにある。当人たちの心根や努力の問題ではなく、どうしたってそういう巡り合わせの相手もいる。

「恨み言をこぼしてるつもりじゃないのよ、気にしないで」

「うん」

「何か会って話したかったことがあるんでしょう？　前言ってた、結婚のことかな……？」

「結婚」という言葉が出た時点で新夏の表情は固くなり、それを察したらしい母の語尾はすうっと透明に消えていった。

「お父さんから聞いたの。火事と、離婚のこと」

「そう」

「お母さんの話も、聞いてみたいと思って」

「そうねえ……」

母は、難しい宿題でも出されたように軽く眉尻を下げ、頬杖《ほおづえ》をついて外に視線を逃がす。

「あの人からは、どういうふうに聞いてる？」

「火事の写真を、あるところで偶然見たの。それを話したら、あのビルにわたしとお母さんがいたこととか、知った後も写真を引っ込めなかったこととか、その後、事件や事故の写真が撮れなくなったこととか……」

「新夏ちゃんは、わたしから何を聞きたい？」

幼い子どもに問いかけているようだった。

「離婚するほど許せなかったのかな、って。わたしには火事の記憶がないから、お母さんがどれほど怖かったのかはわからないけど」

「離婚は前から考えてたの」

新夏を見ないまま、母がさらりと言う。「あの時、頼まれてた年末調整の書類と離婚届をまとめて封筒に入れてた。区役所に行った後、これを書かせたら、家で思いっきり好きな音楽でも聴くんだって、自分へのごほうびを選びにＣＤショップに寄ってたの。まさかあんなことに巻き込まれるなんて思わなかった」

いきなり、父から聞かされていない情報が飛び込んできて新夏は面食らった。

「お父さん、そんなこと言ってなかった」

「言ってないからね」

「どうして？」

「別に言う必要もないかなと思って。途中経過は違ったけど、予定どおりの結末にはなったわけだし。小腹が空いたわね。一緒にピザでもどう？」

「わたしは、いい」

「そっか」とチャームのナッツを立て続けにつまみ、ぽりぽりと軽快な音を立てて噛み砕く母を見て、自分はこの人のこともわかってないんだな、と思った。母はナッツのかけらを胃に流し込むようにビールを呷り、話した。

「結婚する前は、岡山で働いてたの。地元の酒造メーカーの広報。そこで、倉敷《くらしき》の支局に赴任してきたあの人と出会った。つき合って二年経った頃、向こうが東京本社に戻るタイミングでプロポーズされて、迷った。仕事も地元も好きだったし、岡山にいてさえあちこちの取材に駆け回ってる彼が、東京ではどれほどの激務になるのか……きっとわたしはひとりぼっちになると思って不安だった。でも妊娠がわかって、腹を括《くく》るしかなかった」

それが、わたし。新夏の心の声が聞こえたかのように母が軽く頷く。

「新婚生活なんて、なかったたな。つわりでへろへろになりながら新居探しと彼の荷造りまで引き受けて、嵐のような引っ越しを終えて、ようやくすこし落ち着いたと思ったらもう出産に備えなきゃいけない。結婚式も新婚旅行もなし。一度現場に出たら何時に帰ってくるかわからない、一緒にいてもいつ呼び出しがかかるかわからない。知らない街で、そういう人を待つしかないっていうのは本当につらかった。実家は母が体調を崩しがちでSOSを出せなかったし、あちらのご両親は、でき婚にいい顔をしなかった。息子には何の責任もないと思っていそうだったのは、今でも謎ね」

気づけばビールの泡が半分くらいに萎《しぼ》んでいて、新夏は急いで口をつけた。消えるに任せておきたくなかった。飲み頃を逃すのは、もうごめんだ。

「新夏が生まれても、状況は悪くなる一方だった。あの人は独身時代と同じように、どころかわたしが家事をするぶんもっと身軽に働いて、深夜に朝刊の降版が終わってから飲みに行って、明け方酔っ払って帰ってくる。ある日、泥酔して同僚の人が送ってきてくれたことがあったの。大きな声を出すからようやく寝ついたばかりの新夏が泣き出して、彼は床にげえげえ吐いて……すっぴんにパジャマ姿で右往左往するわたしを見て、その同僚の女の人が『かわいそ』ってつぶやいてた。あれは効いたわね。悪意はなかったと思うけど、たまらなくみじめだった。怒る気力も湧かなかった」

「それは、何ていう人？」

「さあ。さっきも言ったけど、結婚式すらしていないから、あの人の交友関係は全然知らないの」

ひょっとして、玲子さん？　後ろめたさで指先が強張る。「かわいそ」とどんな気持ちで口に出したのか知る由もないけれど、玲子を慕っていた時間のぶんだけ、母を裏切ってしまった気がした。でも、もし本当に玲子の発言だったとして、新夏は、母のために玲子に怒ったり、玲子と距離を置いたり、できるだろうか。

「だから、離婚しようと思ったの？」

「ううん、ここまでは長い前置き。ショックだったけど、毎日忙しくてそれどころじゃなかったし」

まだあるのか、と怖くなる反面、玲子（かもしれない女）が離婚の引き金になったわけではない、ということにほっとしてもいた。

「火事の日、午前中にあの人から電話があって『年末調整の紙、出すの忘れてた。書いて届けて』って言われたの。自分でもよくわからないんだけど、それを聞いた瞬間、ぷつって何かが切れちゃってね。どうして年末調整の手続きひとつ自分でできない男と夫婦なんかやってるんだろうって。それまで、ばらばらに脱ぎ散らかされた靴下も、ズボンのポケットに入れっ放しのレシートも、儀式みたいに一センチだけ飲み残されたコーヒーも、全部わたしが黙って処理してきたのに、変よね」

それが、葵が言うところの「『生活』に侵食された」状態だろうか。愛と生活が一体になった日々を積み重ねる夫婦だっているはずなのに、父が生活を怠った結果、母の愛はすり減って持ち堪えられなくなった。

「離婚しよう、って閃《ひらめ》いた瞬間、ぱあっと目の前が明るくなった。どうして今まで別れなかったんだろう？　って、後から思い返せば不気味なほどハイになって、あなたを乗せたベビーカーを押してにこにこしながら区役所の窓口に行ったの。その後は、さっき話したとおり」

「そっか。ありがとう、教えてくれて」

「こちらこそ今まで何も言わなくてごめんね。どうしても告げ口みたいになっちゃうと思って」

「お父さんを恨んでる？」

「いいえ、ちっとも」

母は新夏をまっすぐに見つめて答えた。瞳は砂漠のオアシスみたいに穏やかに澄んでいて、そこに至るまでに越えてきただろう砂色の起伏を思うと胸が詰まった。子どもで、無力で、母の力になれなかった自分を申し訳なく思った。今の、三十歳のわたしが、あの頃のお母さんのところに行けたらいいのに。新夏のそんな感傷を、母のひと言が破った。

「あの人は、わたしを恨んでるかもしれないけど」

「何でお父さんが？」

「火事の翌朝、やけに神妙な顔で朝刊を差し出してきたの。『ごめん』って。その時まで、彼が現場で撮影してたことは知らなかった。一面の写真を見た瞬間……これもどうしてかわからないけど、唐突に『わかった』のね」

「わかった？」

「彼のやっていることが。それまで、正直、写真なんて性能のいいカメラでチャンスに恵まれれば誰が撮ったって同じだと思ってたの。シャッターボタンくらい子どもでも押せるんだし――あくまでも素人考えだから、気を悪くしないでね。でも、あれを見たら一発でわかされてしまった。彼が何に打ち込んで、どれほど懸けているのか。怖いわね、カメラマンって。わかりたくなかった。わたしが諦めたものや置いてきたものなんて、これに比べれば取るに足らない、仕方ないって許すしかなくなるじゃない。だから、やばい、許しちゃいそう、って焦って、ぼろくそに彼を詰《なじ》った」

鬼の形相だったと思う、と母はやわらかにほほ笑む。「妻子が焼け死ぬかもしれなかったのに、決定的瞬間に夢中だったのね、この人でなし、って。抱っこした新夏の口をハンカチで覆って非常階段を駆け下りる時どんなに怖かったか、一階の非常扉の向こう側にはテナントの段ボールが積まれてて、気づいた人がどけてくれるまでどんなに長く感じたか、怒鳴り散らした。あなたがお使いさえ頼まなければあんな目には遭わなかったとか、しまいには、中にわたしたちがいるってわかってても、シャッターを押し続けたんじゃないの？ってねちねち責めた。どんなにあの人が否定しても耳を貸さなかった。会社にどう説明したのか知らないけど、ずっと家にいたから、ずっと言い続けた。煙で痛んだ喉がさらにがらがらになって、自分でも、地獄から響いてくるみたいな声だと思った。報道写真が撮れなくなったっていうのは初耳だけど、たぶん原因はわたし。何日も昼夜問わず、起きてる間じゅう責め立ててたから。彼が泣いて謝っても、もうやめてくれって懇願しても聞かなかった」

「お父さんは、そんなこと何も言ってなかったよ」

「口にしたくないほどのトラウマなのかもね」

まんざら冗談でもなさそうで、つい「お父さんだって告げ口みたいでいやだったんだよ」と反論しかけたが、やめた。それくらい、わかっているだろう。鬼のような形相のお母さん、を想像してみる。できない。母は表情の変化に乏しい人で、それも甘えづらい一因だった。

6Hくらいの鉛筆でしゃしゃっと描いたように、薄くて硬い感じがする。

今どきの小学生って、2Bが主流らしいよ。いつだったか、啓久がそんな話をした。

――え、ＨＢじゃないの？

――だよな、俺もＨＢのイメージある。

――でも、Ｂ使いなさいって言う先生もいた。

――いたいた。でもいやだよな、濃いやつ。字が太くなるし、消しゴムかけたら汚くなるし。

――うん。あと、手のひらの側面が黒ずむよね。

――そう！　てっかてかに黒光りすんの。

本当にどうでもいい話で、なのに、手のひらの側面を撫でて「てっかてか」と言った啓久の表情が、新夏の頭の中にしか残っていないことがなぜか寂しくてたまらない。シャッターを切ってかたちにしておけばよかった。父は、鬼のような母を撮りたいと思わなかったのだろうか。父にとっての誠意であり、対峙。

「逃げ出すこともできたのに、彼はそうしなかった。買い物に出かけてもちゃんと戻ってきた。一週間……もっとかな？　ほとんど家にこもりっきりで、延々同じような罵倒を繰り返してたんだけど、ある日の朝、彼がカーテンを開けて、朝陽《あさひ》が射《さ》し込んできて、彼の白髪がきらきら光ってた。あれ、って夢から覚めたみたいに冷静になった。この人の頭、こんなに白かったっけ？　そっか、わたしがストレスを与えたせいで、この短期間で一気に白髪が増えちゃったのか。かわいそうに。あ、そういえばわたし、離婚するんだった、こんなことしてないで離婚しなきゃ――」

そんな感じ。と何かを撒くように、母は空中で両手のひらをぱっと下に向けて開いた。ショートカットの髪はきれいな栗色に染められていて、新夏は自分が母の地毛の色すら知らないことに気づく。いま、どれくらい白髪があるのかも。

「親権を手放すのは、迷わなかった。経済面とか、いつか新夏に対しても鬼になる瞬間が来たらどうしようっていう不安とか……でもいちばんの理由は、どうしてもひとりになりたかったの。わたし、もう一度、ちゃんとひとりになってみたかった。ひどい母親でごめんね」

新夏は大きくかぶりを振って「もし」と尋ねた。「もしその時、お父さんがカーテンを開けなかったら、もしくは、雨とか曇りだったら、どうなってたと思う？」

「どっちかが壊れきるか、殴り合いになってたんじゃない？　それも悪くなかったかな」

ビールの泡はとうに消え失せ、母は弾《はじ》けるように破顔する。新夏が見たことのない、くっきりと鮮やかな表情だった。ぎりぎりのところで、両親は救われた。母と新夏が火事に遭遇したのも、父がそこに居合わせたのも、すべて偶然。だったらあの朝、偶然啓久の目の前に女子高生が並んでいなければ、事件は起こらなかったのか。

「何より変だなって思うのはね、家の中でひたすら顔を突き合わせてたあの修羅場が、今になって、唯一の幸せな蜜月だったような気がしてること」

チラシの一件以来、啓久からは電話もＬＩＮＥも途絶えていたので、新夏からコンタクトを取るのはすこし緊張した。

『もしもし』

「急にごめんね、今どこ？」

『家だけど』

「ちょっとだけ出られる？」

『いいよ、どこ』

「そっちまで行くから、啓久の家の近くに着いたらＬＩＮＥする。三十分もかからない」

『わかった』

新夏の出方を窺っているのか、特に上機嫌でも不機嫌でもなさそうだった。通話を切って、電車に乗り込む。

啓久の家の近所にあるコインパーキングからＬＩＮＥを入れると、啓久はすぐにやってきた。新夏が片手に提げている大きなレジ袋を見て一瞬ふしぎそうな顔をしたが、すぐに表情を引き締め、「こないだはごめん」と頭を下げた。「自分が恥ずかしくて、ごまかすために逆ギレみたいなことしちゃった。ニカが俺のために言ってくれてるの、わかってたのに」

「ううん、わたしの言い方もよくなかった」

「あと……母親に、何か言われた？」

「ちょっとね。啓久は？」

「ちょっとね」

新夏のまねをするのを「やめてよ」と笑いながらたしなめた。その数秒だけ、以前のふたりの空気だった。

「大方、あの子のことは最初から気に入らなかったとか、あなたのほうから捨ててやりなさいとか？」

「ニカ、俺んち盗聴してる？」

「しなくてもわかるよ」

「ごめん」

「啓久は何て返事したの」

「俺とニカの問題だから口出すなって」

「やるじゃん」

「普通だよ。めし食った？」

「うん。お母さんとお茶してから、適当に。啓久は？」

「食った」

「じゃあ、行こっか」

目的地を告げずに歩き出す。啓久は黙って隣に並ぶ。例の自助サークルに連れて行かれるとでも思っているのかもしれない。レジ袋が触れない程度の距離から、予防接種を待つ子どもみたいいなかわいらしい悲愴《ひそうかん》感が漂ってくる。

「わたし、コスパの悪い女だよね」

「え？」

「結論を出せないままぐだぐだ悩んで、啓久にもあれこれ言って。めんどくさいでしょ」

「めんどくさくない。そんなこと思ってないよ」

「ありがとう」

「いや、まじで」

「わたしも本心で言ってるよ」

でも、これから、面倒くさいと思われるかもしれない。それどころか幻滅されるかも。ラブホテル街に差し掛かると、啓久の足取りがわずかに鈍った。夜の中で目を覚ました黄色やピンクのネオン、傍目《はため》にもあからさまな発情を振りまいてそこに吸い込まれていく男と女、男と女、男と女。

「ニカ」

「待って、地図見る……このへん……あった、ここ」

スマホで場所を確認し、比較的新しめの一棟に入ろうとすると、後ろから引き留められた。

「おい、ちょっと」

「なに?」

「何って、ニカこそどういうつもりだよ」

「それを知りたいんなら、一緒に来て」

啓久の目を見据え、きっぱり告げた。そして返事を待たず中へと進み、フロントの端末で予約の二次元コードをかざしてルームキーを受け取る。ラブホテルでも予約ができるなんて知らなかった。そもそも、ラブホテルに来るのが初めてだった。啓久は「いかにもな施設って恥ずかしい」と、シティホテルを好んだから。そんな人が、まさか盗撮なんてするとは思わないじゃない。

部屋は五階だった。エレベーターでもずっと居心地悪そうにそわそわしていた啓久は、室内に入って扉を閉めると同時にほっと息を吐く。けれど、ベッドルームと繋がった小部屋を見た途端、ぎょっと後ずさった。

「来て」

新夏は構わず手を引いてその細長い空間へと誘う。

「電車ルームだって、すごいよね」

深緑色のロングシートと吊《つ》り革が設置され、窓の部分は鏡になっている。張りぼてなりにちゃんと電車を模した内装に新夏は感心し、啓久は顔を歪めた。

「あとこれ、ドンキで買ってきたから」

レジ袋からチープなコスプレ用セーラー服の上下を取り出して座席に広げる。

「夏服しかなかったけど、いいよね？　フリーサイズだよ。下着も買った」

「ニカ」

「ブレザーのほうがよかった？」

「なに、考えてんの」

「写真を撮りたいの」

迷わず答えた。

「啓久がこれに着替えて、わたしは、スマホで啓久のスカートの中を撮るの。音が出ないカメラアプリも入れた」

「ふざけてんのか？」

「ふざけてない。啓久はふざけ半分でやったのかもしれないけど、わたしは違う」

「それで、俺の立場になったら俺を理解できるって？　ありえない」

「あなたがそれを言うの？」

「ニカ、勘弁してよ、まじで無理」

「いやなの？」

「どうして？」

「当たり前だろ」

「恥ずかしいから」

「わたしも恥ずかしいよ」と新夏は迫った。「あなたが恥ずかしいことをした日から、ずっと。恥ずかしい人を許したくて、わかりたくて諦められない自分も恥ずかしい人間だと思う」

「そんな――わけがないだろ」

恋人は床に視線を落とし、弱々しくつぶやく。わたしはこの人を追い詰めている。そんな権利が自分にあるのかどうかわからない。啓久のお母さんが言ったように、きっぱり別れを告げればそれで終わる話なのに、わざわざ気を持たせて苦しめて。わたしは最初から被害者じゃなかったけれど、今はもう啓久に対する加害者なのかもしれない。

「恥ずかしいことをたくさん考えたよ。たとえば啓久が盗撮したのが脚のきれいな女子高生じゃなくてもっとおばさんだったら、もっと太ってたら、趣味悪いよって笑い話にできたのかなとか。最低だよね。わたしは女だから、どんな時でも女の側に立たなきゃいけないのに。そうでしょう?」

啓久の唇がわずかに動いたが、声は聞こえなかった。ごめん、と言いたかったのかもしれない。何度言っても言い足りない啓久の気持ちはわかる。でも何度言われてもその言葉ひとつで心が動くことはない。

「どうしてもいやなら帰ってもいい。無理強いはしないから、啓久が決めて」

新夏の本気が伝わったのか、啓久は頭痛に耐えるように片手で頭を支える。しばらくそのままじっと動かなかったが、やがておそるおそる口を開いた。

「言うとおりにしたら、別れないってこと?」

「約束はできない」

新夏は正直に答えた。「やってみて、吹っ切れるのか、徒労に終わるのか自分でもわからない。でも、何かしなきゃ駄目だと思った。自分のフィルターをぶち壊す儀式みたいなことを。何となくなかったことにするのも、いつまでも悩み続けるのもいや。だから、本当に、真剣に考えたの」

ラウンジで母の笑顔を見て、猛烈に、何かをしなければ、と思った。自分も、こんなふうに笑えるようになりたい。間違いでも無意味でも構わない。誰かの意見やアドバイスと関係なく、新夏が啓久とやりたいこと。母と別れてからひとりで入ったラーメン店で味玉にかぶりつきながら考え、やっぱり写真しかない、という結論に至ると、どうしてもきょうのうちに実行したくなった。時間が経って冷静になれば腰が引けてしまいそうだったから。母が離婚を決意した時も、こんなテンションだったのかもしれない。事態が悪い方向に転ぶ想像にさえわくわくしてしまうような。啓久が怒って帰る展開は覚悟していた。むしろ、そうなる可能性が高いと。それでもいい、と思った。いつか後悔するとしても、コスパの悪い賭けでいい。

啓久は、狭くてちゃちな車両をもう一度見渡してから「何だよもう」と投げやりにつぶやき、新夏が広げた衣装を両手で抱えた。

「着替えてくるから、待ってて」

「うん」

待っている間に、真帆子のSNSアカウントをブロックした。五分とかからず戻ってきた啓久は、白地に紺のスカーフがついた半袖のセーラー服とプリーツスカートを身につけ、もうどうにでもしてくれという顔つきだった。スカートは膝上十センチくらい、上は丈が短いためにすこし腹が覗いている。

「パンツは？」

「穿いた。あちこち食い込んで気持ち悪いから、やるんなら早くしてくれ」

「うん。真ん中まで来て」

立ち位置を指示し、片手に吊り革を握らせる。ぺらぺらのセーラー服は、この安物のセットとよくマッチしていた。啓久が鏡の中の自分と対面し、慌てて顔を伏せる。ぎゅっと目を瞑り、とにかく早くこの時間が過ぎ去るようにと念じているのかもしれない。新夏は啓久の背後に立つとカメラアプリを起動させ、インカメラに設定して短いスカートの裾からスマホを忍ばせる。頼りないプリーツ生地が揺れる。うつむいたうなじが上気して見える。新夏も息を詰め、シャッターボタンを何度かタップした。

「……終わったよ」

声をかけても、啓久は振り向かない。背中を向けたまま「撮れてる?」と尋ねた。

「ちょっと待って、今確認する……暗くて、ピンボケしてるし、よくわかんない」

太腿かな、というのがぎりぎり認識できる程度だった。当てずっぽうで撮った、素人以下の写真には何も写し出されていない。欲望も、迷いも、愛情も。

「難しいんだね。コツがあるのかな」

「もっと撮る?」

新夏の気が済むようにさせると腹を括ったのか、啓久のほうから尋ねてきた。

「ううん。啓久、こっち向いて」

今度は通常のカメラを起動させ、振り返った啓久の顔めがけてシャッターボタンをタップした。啓久が顔をしかめて手で遮る。

「ニカ」

それでも新夏はシャッターを押し続け、今この瞬間の恋人と世界をちいさな端末に閉じ込めた。煌々《こうこう》と明るいコントの舞台みたいな車内に、合成された機械音が響き渡る。携帯電話に撮影機能をつけようなんて余計なこと、誰が考えたんだろう。写真はカメラで撮るものなのに。こんなものさえついていなければ、啓久は罪を犯さずに済んだのに。

本当に？

「こっちを向いて」

啓久の前で出したことのない、自分でも初めて聞く、命令に近い声音だった。

「ちゃんとわたしを見てよ、わたしも見るから」

啓久は観念したようにゆっくりと手を下ろし、新夏に向き直る。戸惑いと、焦りと、すこしの屈辱がレンズ越しに伝わってくる。今度は慎重に画角を定めて指の腹で白い丸を打つ。シューティングゲームみたい。連写の音がマシンガンなら、これは何だろう。あなたに向かって、あなたを射貫くために放つこれは。

一回、二回、三回。衣擦れや自分の呼吸は偽物のシャッター音に吸い取られてしまうのか、とても静かだった。低俗な舞台装置さえ消え失せ、白ホリゾントのスタジオにいるような錯覚を覚えた。いっさいのノイズがないふたりだけの場所で、新夏は啓久を見つめ、啓久を撮った。

何度シャッターを切ったのか、いきなりタイマーが切れたように現実を取り戻した。電車のセットや空調のかすかな音を意識すると急に身体の力が入らなくなり、だらんと腕を下げる。啓久がほっと息をついたのが、おしまいの合図だった。

「もういいのか?」

啓久の問いかけには答えず、写真フォルダを開いた。新しい画像から右にスワイプして遡っていく。啓久、啓久、啓久、啓久。ひたすら続く。同じようで違う。今と一秒前は別の世界だから。

液晶の中で新夏と相対していた啓久が、突然軽く身をよじって手で顔を隠した。そこから数回スワイプすると、とうとうぼやけた布と肌のアップにたどり着き、新夏はその場にしゃがみ込んだ。啓久が慌てて近寄ってくる。

「ニカ、大丈夫か」

膝に顔を埋め、かぶりを振る。

「具合悪いのか?」

「違うの。全然駄目だなあって」

「え?」

「せめて、いい写真が撮れるかと思った。本来のわたしの実力じゃ届かない一枚が。啓久があんなことしてなかったら、わたしたちがこんなことになってなかったら、撮れないような写真。そしたら、意味があったってことになるでしょ」

あなたがただ罪を犯しただけじゃなく、わたしがただ傷つき混乱しただけじゃなく、わたしたちがただ失っただけじゃなく。現実は変えられないならせめて。

「手応えあった気はしてたの。啓久もすごくいい顔してたし。でも普通の写真しか撮れてない。きついなあ、知ってたけど、こんなかたちで思い知らされるのは」

父のようにはなれないのだと。丸まったままじっとしていると、「ごめん」と啓久の声が頭上から降ってくる。謝罪より困惑の響き。

「ニカの言ってること、全然わからない――いや、わかるよ、わかりはするけど、何か得体が知れない。怖い」

「うん」

当たり前だよ、と思いながら答える。「ブラックボックスだから。わたしにもあるの」

それもたぶん、わからなかったのだろう。言葉が見つからなかった結果としての沈黙が短く落ち、やがて啓久は「出よう」と言った。「もう帰ろう」

「いや」

新夏は子どものように駄々をこねた。そうせずにはいられない気分だった。本当は寝っ転がって手足をじたばたさせたいほどだった。こんなに悩んで迷って苦しんで考えたのに、どうして何ひとつ糧にならず、写真一枚うまく撮れないの。

コスパが悪すぎるじゃん。

「いやって……ここにいてもしょうがないだろ。ほら」

軽く肩に触れた手を払い除ける。

「ニカ」

「その格好のまま、駅まで送ってくれたら帰る」

「は？」

本気で言ったわけじゃなかった。啓久にとって意味がわからない、意味がないことを言ってやりたかった。ああ、このまま破局するのかな、もう盗撮関係なくない？　しゃがみ込んだままで膝の裏が痺れてきた。

啓久の気配がすっと遠ざかる。きっとこのまま置いていかれる。それは仕方ないけれど、啓久が部屋の精算機で代金を払って出て行った後はどうすればいいのか、勝手がわからない。うつむいた自分の呼気がこもって暑い。息苦しい。真剣に考えたはずなのに、おかしなことになっちゃった。もう二度と会えなくなったら、最後に見た恋人はぺらっぺらのセーラー服姿。

そんなことを考えていたら、肘のあたりを摑まれた。驚いて顔を上げる。軽いめまいがする。

「帰るぞ」

セーラー服のままの恋人が、言った。

女装と呼ぶには雑すぎる、ただの「コスプレ用セーラー服を着た男」と手を繋いでホテルを出て、ホテル街を抜け、歩いた。しかも啓久はスーツ一式を無理やり詰め込んでぱんぱんになったビジネスリュックを背負っていて、それが滑稽さに拍車をかけている。

「啓久」

早足で歩く啓久に半ば引きずられながら、名前を呼ぶ。

「なに」

「恥ずかしくない？」

「当たり前のこと訊くなよ、死にたいほど恥ずかしい」

「じゃあ、どうして言うこときいてくれたの」

「さあ……うまく言えないけど、何だそれ意味わかんないだろって思ってる今の俺より、ニカのほうが、意味わかんないってずっと思ってたんだろうなって」

新夏の手を握る力は、振りほどこうと思えばたやすい程度だった。でも、新夏は離さなかった。むしろ、ぎゅうっと強く握り返した。異物に慣れた東京の雑踏もさすがに啓久の存在をスルーしてくれず、四方八方から視線の矢が次々と刺さってくるのを感じた。まばたきが音のないシャッターになる。わたしたち穴だらけだ、と思う。穴だらけで、身体が軽い。啓久と手を繋いでいるだけで何も持っていない新夏は、久しぶりに手ぶらの身軽さを味わっていた。このままもっと遠く、どこまででも行ってみたかった。どこにもたどり着けなくたって構わない。

けれどすぐに駅のホームに着いてしまった。自分たちの周りだけぐるりと境界線を引かれたように電車待ちの列が割れた。「わからない」の線。

――え、何あれ、やばくない？

――配信してる人？

――罰ゲームじゃね。

――あれだ、男のほうがＪＫとパパ活したのが嫁にばれて、お仕置きされてんだよ。

――どんなプレイだよ。

公然と嗤《わら》っていい（と大多数が判断した）存在の前では、誰も声をひそめない。啓久はあからさまな好奇と嘲笑に唇を噛み締めながらも、うつむかず前を見ていた。捕まった朝のことを思い出しているのかもしれない。鉄道警察に連れて行かれた時は、どんな顔をしていたんだろう。その場にいたら、わたしはシャッターを切っただろうか。

電車が近づいてくると、啓久の指がほどけた。

「じゃあ、気をつけてな」

「うん。啓久はそのまま家に帰るの？」

「いや無理だろ。母さんが泡吹いて気絶する。どっかのトイレで着替えるよ」

車内に足を踏み入れる直前、新夏は啓久を振り返った。

「ねえ」

「うん？」

「今言うことじゃないかもしれないけど、大好きよ」

啓久は泣き笑いに似た表情でくしゃっと目を細めた。

「ほんとだよ」

そんなのを見てしまったら、もう乗り込めなかった。抱きしめて、安いポリエステル越しに響く啓久の鼓動を頬で受け止める。背中には啓久の手のひらを感じ、うっとりと目を閉じた。

――すご。

――イミフすぎん？

すぐ近くで、スマホカメラのシャッター音がした。動画撮影を始める時の、ピ、という短い電子音も。それでも啓久は腕を緩めなかったし、新夏もその場から動かなかった。誰に撮られて、誰とシェアされて、どこで燃えようが関係ない。そうやって無邪気に、無神経に無節操にわたしたちを燃やせばいい。気持ちはわかるよ。電車はゆっくり遠ざかっていく。


今年はカレンダーに恵まれていて、啓久の会社は十二月二十二日で仕事納めだった。いつもよりさらにごった返した東京駅で待ち合わせ、シャンパンゴールドに統一された丸の内のイルミネーションをひやかして新しい待ち受け用のツーショットを撮り、新丸ビルで焼き鳥を食べた。ホテルでケーキを食べるからごはんは和食がいい、と新夏がリクエストした。

「仕事始め四日とか、早すぎだろ。むしろ年末もうちょっと働いてもいいから、年始ゆっくりできるほうが嬉しい」

「来年は？」

「二十七日が金曜日で新年六日が月曜だからまあまあ普通……って気が早いな」

「そういえば、年越し、うちでいいの？」

「うん、ニカのお父さんが大丈夫なら」

「お父さんは喜ぶよ。商店街で蟹《かに》とか牛肉とか買い込みそう」

「超楽しみ」

「年明けから顔合わせもあるし、式場のこともいろいろ詰めなきゃで忙しくなるね」

「うん。でも俺、そういう、タスクこなしてく感じの段取り好きだから、頑張るよ」

「頼りにしてます」

「おう、任せとけ」

虎《とら》ノ門《もん》のホテルを予約していたので、丸ノ内線で霞《かすみ》ケ関《せき》まで出て歩こうということになった。メトロもやはり混み合っていて、乗降の流れに身を任せていたら啓久とすこし離れてしまったけれど、ものの五分程度で着くので互いに目配せだけしてそのまま立っていた。

次の銀座《ぎんざ》駅で停車し、再びドアが閉まった時だった。

カシッ、というスマホのシャッター音がすぐ近くで聞こえ、新夏は反射的に音のした方へぐりっと首を動かした。大学生くらいの女の子が、車内吊り広告のアイドルにスマホを向けているのが見えた。そしてその向こうで、どこか呆然《ぼうぜん》と新夏を見つめている啓久と目が合った。しまった、と思った。

失敗した、気が緩んだ。一緒にいる時はずっと意識していたのに。スマホやカメラに注意を向けないように、あんな事件はなかったんだと、自分と啓久を騙《だま》せるように、啓久の罪が時間とともに薄れて消えていくように、わたし、頑張ってたのに。一生、気を張っているのを忘れるくらい四六時中、頑張るつもりだったのに。あなたのことが大好きだから。

虎ノ門駅につき、降りた客がそれぞれの出口に歩いていっても、新夏と啓久はホームで向かい合ったまま動かなかった。

ごめんって言わなきゃ、と思う。つい思い出しちゃったの。でも啓久がまた盗撮するだなんて思ってないし、もうあんな、疑ってるみたいなそぶり見せないから。

こんなことで別れたくない。せっかく、あんな思いしてまで一緒にいるのに。

ごめんなさい。もうしないから許してください。

信じてください。

「ごめん」

啓久が先に言った。

「あんな顔させてごめん」

弾かれたように振り返った新夏がどんな顔をしていたのか、それは啓久にしかわからない。そして啓久はきっと、新夏といる限り忘れられないだろう。「あんな顔」を一生背負っていくことはできないだろう。新夏の存在が「生理的に無理」になるのは、啓久のほうだ。

「やっとわかった。俺はニカに、本当にひどいことをしたんだな」

言葉は何も出てこなかった。啓久の目、ふたつのレンズが潤み、涙に沈んでいくのをなすすべもなく立ち尽くして見ていた。信じきれないものほど、それゆえにいとおしく離れがたいのだと、手の届く距離で指一本触れられずに思いながら。


年々、桜のシーズンが早まっている気がする。温暖化のせいだろうか。近所の公園では四月を待たず桜が満開で、晴天の青空と花につられていつもよりたくさんシャッターを切った。

「では、作業が終わり次第アップロードしてメールでお知らせしますね。桜バックで、すごくいい感じに撮れたと思いますよ」

「ありがとうございます」

新夏と同い年だという男性の依頼者は、最初こそ表情もポーズもぎこちなかったが、声をかけながら撮影するうちシャッター音で解凍されたみたいにやわらかくなっていった。被写体の目覚ましい変化を逐一収める過程は、相手の容姿やスペックと関係なく何度味わっても楽しい。

「わざわざプロフ用の写真なんて、ってちょっと恥ずかしかったんですけど、友達が関口さんに撮ってもらった写真でマッチングできて、今度結婚するんですよ」

「ほんとですか？　わあ、おめでたい。嬉しいです」

「ほかにも何人かいますよ。だから、関口さんは今ちょっとジンクス持ちっていうか、幸運の女神みたいな」

「いえいえ」

むしろ縁起悪いかもですよ、と思いながら笑顔で手を振って別れ、家に帰ると、父親が困り顔で新夏を待っていた。

「どうしたの？」

「いや……新夏に写真を撮ってほしいらしい」

スタジオを覗くと、三カ月前に別れた恋人の姿があった。向こうも新夏に気づくと、軽く頭を下げる。

「どうする？　いやなら無理しなくていいんだぞ」

「ううん、平気。仕事だもん、わたしが撮る」

父の肩をぽんぽんと叩いて笑顔をつくり、啓久に歩み寄った。

「久しぶり」

「うん。ごめん、突然」

「きょうはどうしたの？」

「新しい会社のＩＤカード用に顔写真がいるんだ。そういえば、正式に写真撮ってもらったことなかったな、と思って」

どうりで、きちんとスーツを着ていた。

「わかった。証明写真のサイズでいいの？」

「うん」

「じゃあ、そこに座って」

白いスクリーンを背景にした丸椅子に掛けさせ、襟元や姿勢、顎の角度を細かく指示してから正面でカメラを構える。

「転職したんだ？」

「うん、この春から」

ひょっとして、葵の予想よりあの件が広まっていづらくなったのかもしれないし、無関係かもしれない。それはもう、新夏が知らなくていいこと。

「じゃあ、こっち見てください。表情はそんなに意識しなくていいです、何枚も撮るので」

ファインダーを覗く。ファインダーを通して啓久と会う。啓久と目が合う。啓久も新夏を覗いている。ふたつの眼差しが糸のように引き合い、完璧な水平で結ばれている。これが対峙ということだ。そう感じた瞬間、世界は、卵の殻が剝がれ落ちるように生々しく鮮やかに輝いた。ぎこちない啓久の顔、春の不安定な空気、年季の入ったスタジオ。何もかも、これから切り取る一瞬のため、一枚の写真のためだけに存在している。棘の痛みはなく、天啓にも似た確信があった。そうか、今なんだ。このままシャッターを切れば、生まれて初めて、新夏の「作品」と呼べるものができる。

新夏は人差し指に力を込めようとした。でも、急に視界がぼやけた。最後のデートになってしまったクリスマスにだって涙は出なかったのに、どうして今さら。

「……ニカ?」

啓久が心配そうに名前を呼ぶ。大好きだった。その声、その呼び方、わたしの目に映るあなたが、今でも。写すことは移すこと。この瞬間の啓久を焼きつけたら、きっと胸の中からいなくなってしまう。耐えられない。わたしの外で完璧に残り続けるより、わたしの中で薄れて褪せて、でも消えないでいて。これがわたしの愛、わたしのブラックボックス。

新夏はとうとうカメラを下げ、天井を仰いで泣いた。自分と、啓久と、幻になった最高傑作のために。

恋とか愛とかやさしさより

地下鉄のホームに降り立った瞬間、背後から肩を摑《つか》まれ、心臓がゴムのようににゅうっと引き伸ばされる心地がした。一瞬で伸び、元のサイズに戻る際の急激な収縮は動悸《どうき》と痛みを伴い、啓久《ひらく》は胸を押さえそうになる手をぎゅっと握りしめながら振り返る。

「あ、やっぱり」

細い指をひらめかせる相手の顔を見て、いっそう鼓動が速くなった。乗降の流れを堰《せ》き止めてしまい、周囲から迷惑げな視線を浴びても足が動かない。口も、手も、思考も。凍りついたような身体《からだ》の中で心臓だけが胸を突き破らんばかりに脈打ち暴れている。向こうはそんな啓久のようすに頓着せず話しかけてきた。

「こういう時って、『お久しぶりです』？　それとも『その節は……』とか？」

いや、知らねえし。

ようやく回転した頭が弾《はじ》き出した返答はだいぶ失礼な感じだったのでとても口には出せない。なぜなら目の前にいるのは年下の女で、顔を合わせるのはこれが二回目で、何より彼女は、啓久の「被害者」だから。

左右の肩に他人の肩が続々とぶつかってくる。邪魔だからどけというメッセージを無視してなおも突っ立っているとすぐに電車は出発し、次を待つ乗客が啓久をよけて列を作り始めた。

「あ、とりあえず、どこっか」

女は視線でホームにある自販機を示し、啓久の二の腕に軽く触れた。気安いボディタッチに驚き、ぱっと腕を振ってしまう。それからすぐ我に返り、後退《あとじさ》りながら「すみません」と謝った。俺がびびってどうすんだ。自販機前に移動して改めて「すみませんでした」と言い直すと、「何が?」と責めるでもない口調で問われた。

「いや……」

何がって、それは、あれに決まっているけれど、もう散々謝って、示談も滞りなく進み、終わった話のはずで、いや、「終わり」などなく、一度でもことを起こしてしまった以上加害者は加害者で被害者は被害者で、でも、わざわざ声をかけて接触してきたのはそっちで、と動揺したままの頭に次々考えが浮かんでは猛スピードの縦スクロールで流れ去っていき、結局口ごもることしかできなかった。

「え、どっか具合悪い? 何か飲む?」

啓久の答えを待たずに女はペットボトルのほうじ茶を買った。「夏でもホット置いてる自販機見ると、わかってんなあって思うよね」

差し出されたペットボトルを、もちろん受け取れない。まじで何だよこいつ。不可解だし、気味が悪い。耳の後ろを生ぬるい汗が伝い落ちるのと同時に、「勘違い」というひとつの仮説が浮かぶ。

「あの」

「ん？　コーヒーとかのほうがよかった？」

「いえ、ひょっとして、お間違え、じゃないですか」

「え？」

「だから――僕と、僕を捕まえた人とを」

あの朝、ぐいと啓久の肩を摑み「何やってんの？　撮ってるよね？　ちょっと来て」と有無を言わさぬ口調で詰めてきたサラリーマンと啓久を、つまりは恩人と加害者を、脳内で取り違えているんじゃないのか。そうでもなければ、このフレンドリーな態度の説明がつかない。盗撮されたショックで記憶が混乱している可能性を想像して目を伏せてしまう。

「んなわけないじゃん。それはやばすぎ」

女は笑い交じりに否定した。「神尾《かみお》さん、だっけ？　名刺もらったよね、ママがどっかにしまってたな……」

個人情報をちらつかされ、今度は急速に警戒心が頭をもたげる。ひょっとして、カジュアルに金を引っ張ろうとしてないか？　示談金お代わりみたいな。汗がいやな粘りを帯びてくる。あれ以来、同じ時間帯、同じ車両、同じ駅は使わなかった。春からは転職と引っ越しを経て路線も変わったのに、なぜこんなところで遭遇してしまうのか。女は去年の秋にはブレザーを着ていたが今は私服で、髪色もピンクがかった明るいブラウンになっているのを見ると高校を卒業したのかもしれない。

「あ、ねえ、猫好き?」

女が唐突に尋ねた。脈絡のなさに、却《かえ》ってすんなり「はい」と声が出た。

「そっか。じゃあさ、これからうち来ない?」

やばいやばいやばいやばい、と脳内でアラートが鳴り響く。こいつ、絶対おかしい。何で盗撮された女が盗撮した男を家に誘うんだよ。

「申し訳ありませんが予定がありますので」

啓久は両手をぴっちり身体の横につけ頭から腰までまっすぐに倒すビジネスお辞儀とともにお断りを述べると、すぐさま回れ右して走り出し、階段を一段飛ばしに駆け上がった。Ｓｕｉｃａが反応するぎりぎりの速度で改札を抜けるとまた階段を上り、地上に出てから一度振り返る。ついてくる人影はない。それでも油断せず、大股で急いだ。何度も背後を気にしながらマンションに入り、自分の部屋に帰り着いた瞬間、ようやく安堵《あんど》すると同時に全身の汗腺がぶわっと開いていく。どこかで一杯飲みたかったし、コンビニに寄りたかったし、宅配ボックスに入っているはずのスニーカーを引き取りたかったのに。顎の下を拭うとざらつく髭《ひげ》の感触がたまらなく不快だった。エアコンのスイッチを入れ、上着とネクタイをソファの背にかける。シャツ、ズボン、と次々脱ぎ捨ててから脱衣所に行き、残りは洗濯籠に突っ込んでシャワーを浴びた。ドライヤーで汗ばむようになると、夏が来た、とうんざりする。

温風を当てたそばから地肌がじっとり湿り、乾きが悪い。

——え、いっつもドライヤーかけてるの？　えらいね。

真面目に感心していた、元恋人の顔を思い出す。

——逆にかけないの？

——かけなきゃって思うんだけど、大体半々の確率で力尽きるの。頭にタオル巻いてそのまま寝る。

——翌朝、爆発してない？

——してるしてる。洗面所で水びしゃびしゃかけて済ませちゃう。

啓久とさほど変わらないショートカットだった新夏《にいか》が、髪を結うところも巻くところも見たことがなかった。正式に結婚が決まったら、式までの間だけでも髪を伸ばしてみてほしいと頼むつもりだった。なのに、自分で全部ぶち壊した。

……あんなことで。

微妙にしんなりしたままの頭で脱衣所から出ると、スマホに母からのＬＩＮＥが届いていた。『枇杷《びわ》ジャム取りにいらっしゃい』。既読だけつけ、返信はしない。

勤め先があるオフィスビルのエントランスで派手なエラー音が鳴り響いた。ＩＤカードをかざすセンサーにうっかりスマホを押し当ててしまったためだ。疲れていたり、寝不足だったりするとたまに間違える。駅の自動改札機にIDカードを当ててしまう日もある。きのうの動揺がまだ尾を引いているのかもしれない。朝も会社の最寄駅よりひとつ手前で降りて歩いてきたが、またあの女に見つかるんじゃないかと思うと終始落ち着かなかった。普通、不安がるのは被害者のほうだろ。

　認証をやり直してエントランスを通過し、エレベーターを待つ間、自分の顔写真を眺めた。近所の証明写真ボックスで撮ったもので、「美肌仕上げ」を選んだせいか、妙に肌つやがなめらかでソフトフォーカスがかかった人工的な質感になっている。表情もぼんやりと冴《さ》えない。

　今でも考える。新夏に撮ってもらえていたら、どんな写真になっていたんだろう。あの時、彼女はファインダーを覗《のぞ》いたまま固まったかと思うと、やがてカメラを下ろし、泣き出した。涙の理由を尋ねる資格も、涙を拭う資格も、啓久にはもうなかったので、一歩も動けなかった。レンズを通して新夏の目に映った自分は、どんな顔をしていたのか。絶対に答えは得られないから、心の一部を新夏に残したままになるのかもしれない。その予感は煩わしいわけでも、逆に望ましいわけでもなかった。人から見えない場所にこしらえた痣《あざ》のようなもので、ただ、そこにあって消えない、というだけだ。

　多種多様な企業を詰め合わせたアソートボックスのようなビル内で、啓久の会社はかなり小規模なほうだった。従業員は二十人強、泊まりを含む出張も多いので全員が勢揃《せいぞろ》いしているのを見たことがない。クライアントありきの仕事でスケジュール調整が難しく、新卒を入れて一から教育するゆとりもないベンチャー企業とあって歓送迎会の類が開かれないのは気楽でありがたかった。

「おはようございます」

珍しく朝イチから桑田《くわた》がいて、啓久を見るなり「こないだの資料できてる?」と尋ねてきた。「先方の商工会議所のおっちゃんが用事でこっち来るとか言って、急きょ昼めし食うことになったんだよね。ざっくりした状況だけでも説明できればと思って」

「いくつか追加のリサーチ中ですけど、七割くらいは形になってるんでそれでよければ」

「うん。送って」

「じゃあ、ちょっと整えて、簡単なアウトラインもつけときます」

「頼む。あと、次の日曜の祭り、祥子《しょうこ》ちゃんと取材してきて。啓久、そういうの未経験だろ?」

「わかりました」

「とりあえず最初はくっついていてくだけでいいから、勉強だと思って。来週の平日、好きな時に代休とっていいよ」

「はい」

デスクはフリーアドレス制でどこに座っても構わない。それでも各々に何となくの定位置があり、啓久は祥子の隣に座ることが多かった。だからと言って特に親しいわけでもないけれど、すこしほっとした。

「日置《ひおき》さん、よろしくお願いします」

「はーい、こちらこそ」

祥子はパソコンのモニターから視線を外して軽く請け合う。「そんな大規模なやつじゃないから緊張しなくていいよ」

「はい」

「きょう、お昼食べながら打ち合わせってほどじゃないけど軽く話そっか？」

「すいません、昼休みはちょっと人と会う用事あって」

「あ、じゃあまたの機会に」

パーテーションのない、そらまめみたいな形の大きな机の上で祥子のスマホが通知を受信してふるえた。一瞬明るくなった待ち受け画面では、祥子と小学校低学年くらいの女の子が頬を寄せ合って笑っている。彼女がシングルマザーだというのは、ほかの社員との雑談から何となく把握していた。啓久はすぐに目を逸《そ》らす。ちょうど啓久のスマホにも『十二時過ぎには出られそうです』というメッセージが表示されていた。


ランチタイムでもそんなに混み合わない穴場の喫茶店は前の会社の近くで、啓久も社員食堂に飽きると利用していた。古巣（と呼ぶほど時間が経《た》っていない）の近所は気が進まなかったし、誘ったほうが出向いてこいよとも思ったが、負い目で断れなかった。葵《あおい》と会うのは約二カ月ぶりだった。新夏と最後に会ってからも同じくらいの時間が経った。まだまだ最近だな、とも、もうそんなに、とも思う。

「久しぶり。元気にしてた?」

「うん。八田《はった》さんは? てかごめん、今の名字何だったっけ」

「八田でいいよ」

ランチセットが届くまでは、当たり障りのない近況を訊《き》かれた。

「神尾くん、いま何の仕事してるの?」

「祭りのコンサルティングみたいな」

「え、それってフェス的な?」

「ううん、ほんとに祭り。ほら、地域の祭りとか、最近は高齢化で人手が足りなかったり過疎化で盛り上がらなかったりするだろ。若者向けのイベント企画したり、SNS使ったプロモーションの提案したり。大きな祭りだと有料観覧席のプロデュースも手掛けるし、警備員とかスタッフの手配も」

「へえ、おもしろそう」

「要は何でも屋だよ。社員も少ないからやることたくさんあって大変だけど最近はインバウンドのおかげで業績好調だし、文化を継承していくという意義も大きい」

——とは桑田の弁だ。

「うちみたいな食品系に行ったのかと思ってたら、がらっと変わったね」

「うん、でも人事で就職セミナーのセッティングしたり、合同就職会にブース出すのもいわばイベントだったから、そのへんのノウハウはちょっと活《い》かせてるかも」

「なるほどね。そんな会社、どこで見つけたの?」

「社長が大学時代の先輩で、誘われて」

「へえ」

ちょうど前の会社を辞めようか迷っているタイミングで声をかけてきた桑田は、ひょっとすると事件の話を誰かから聞いたのかもしれない。何かと顔の広い男だから。それでも啓久は、誘いに乗った。

向かい合って黙々とオムライスランチを食べ、器が下げられるのと入れ替わりに食後のコーヒーが提供される。葵がバッグから一冊の本を取り出しテーブルに置いた。

「これ、長い間借りっぱなしでごめん」

「いや」

まだ入社一年目か二年目の時に貸したExcelのマニュアル本で、もう存在すら忘れていた。捨ててくれて構わないのにわざわざ「返したい」と連絡を寄越してきたのは、別の目的があるからに違いない。本に手を伸ばさずにいると、葵が「ごめんなさい」と言った。「見え透いた口実で呼び出されて、気分悪いよね。わたしの結婚式以降、ばたばたしてて全然話せないまま神尾くんがいつの間にか退社しちゃったから、勝手に心残りで」

「俺のほうこそごめん」

途端にばつが悪くなり、小声で謝罪した。「いろいろ、何か……」

「わたしに謝らなくていいよ」

「八田さんは、てか八田さんも、例の件知ってんだよね」

「うん。新夏から聞いたんじゃないよ。社内で、そんな大々的ではないけど噂《うわさ》になってて、小耳に挟んだというか」

回りくどく慎重な言い回しに彼女の気遣いが窺《うかが》え、ますますいたたまれなかった。

「神尾くんは、知られてること知ってた？　それで何か、いやな思いして辞めたの？」

「いや、特には」

ひそひそと好奇の的になることも、女性社員からつめたくされるということもなかった――自分がよほど鈍感でない限り。

「一回、上司からこそっと確認されたことはあった」

「え、だれだれ」

「そこは勘弁して。事実ですって認めたら、問題にする気はないとは言ってくれた。嘘じゃないと思う」

――いや、ちょっと風の噂でな。デマだったら対応しなきゃと思って。逮捕もされてないって話なら、堂々としてりゃいい。みんな、そんなのすぐに忘れるよ。

啓久をかわいがってくれていた上司は、寿司《すし》屋のカウンターでそう言って親しげに肩を叩《たた》いた。

――……それにしても、

「それでも、居心地悪かった？」

葵の声で、記憶が中断させられる。

「よくはない、けど自業自得だし……何だろ、とにかく環境を変えたかったのかも」

彼女が何を知りたいのかよくわからず、啓久の答えも用心深くならざるを得ない。社内で吹聴《ふいちょう》するとも思えないけれど――。

「新夏とは？」

「え、聞いてないの？　別れたけど」

逆剝《さかむ》けに触れられたようなぴりっと鋭い痛みで、顔をしかめてしまわなかっただろうか。

「そうなんだ。あの子とは最近全然連絡取ってなくて。新婚旅行から帰ってきてすぐ、神尾くんのことを話したのが最後。新夏はこれからどうしようって迷ってて、わたしは、こんなことで別れたらもったいないよって言った」

思わずまじまじと葵を見ると、なぜか挑むような表情で「ほんとだよ」と主張する。

「いや、疑ってはないけど、何で、って思って」

「だってもったいないじゃん、打算的な要素も含めて。軽い気持ちで無責任に言ったんじゃない。わたしだったら別れないし、そのほうが新夏のためだって真剣に思ったから」

「新夏は、なんて？」

「納得してない感じだった」

価値観の相違ってやつだね、と葵の顔が苦笑でほころぶ。

「え、それで喧嘩《けんか》したから連絡してないってこと？」

「違う違う。新夏に悪い感情はまったくないし、向こうもそうだと思うよ。距離が空く時期もあるってだけ。でも、そっか、結局別れちゃったんだね。新夏らしい」

「らしいって？」

「頑固で潔癖で、世間知らず」

悪い感情がゼロでは出てこない言葉だろうと思った。でも口にはしなかった。「そう？」と控えめな疑問を返す。

「うん。男の人にはわかんないかも」

「そうかな」

つぶやきに返事はなかった。葵の中では新夏が啓久を振り、傷心の啓久が心機一転を計って転職した、という筋書きが完成したのだろう。

店の前で別れる時、「もし新夏とやり直したいなら協力するよ」と言われた。

「何でそんな手厚いの」

「さっきも言ったじゃん、もったいないって」

葵はふしぎそうな表情だったが、ふしぎなのはこっちだ。

「俺のこと、生理的に無理とは思わないわけ？　積極的に復縁させようとするとか、新夏が嫌いだからって言われたほうが納得できるんだけど」

「え、わたし、そんな性格悪いと思われてるの？」

「そうじゃなくて……自分が『もったいない』とは思えないから。多少の長所なんか、あの一件で帳消しマイナスだろ」

「それこそ価値観の相違だね。わたし、新夏にも言ったよ。もし自分の夫がやらかしたとしても離婚しないって」

そっちのほうがよっぽどおっかない、と身ぶるいしてしまいそうなほど、冷静な眼差《まなざ》しで啓久を刺す。こんな人だったっけ、と思う。同僚としてはややちゃっかりしているけれど仕事が速く、恋愛抜きで一緒にいて楽しい相手だった。

「だって男ってだいたいその程度でしょ、女に何かできるチャンスがあったら飛びついてくるじゃない。チャンスのラインを見誤った人の馬鹿さを一生軽蔑するとは思うけど。神尾くんがこの先の人生で発展途上国にいっぱい井戸掘ったり学校建てたりしても、わたしの中でチャラにはならないっていうか」

初めて、葵の瞳に明確な嫌悪がよぎり、むしろほっとした。この先二度と会わないだろう女になら、嫌われたほうがすっきりする。

何年かぶりに戻ってきた本は重たく、駅のごみ箱に投げ入れかけた手が寸前で止まった。誰かに肩を叩かれるんじゃないかと思った。あの日みたいに。何やってんの？　と。ひゅっと呼吸が浅くなる。ここに、持ってきたごみを入れるのはセーフだっけ。アウトだっけ。アウトなら許されない。強迫観念にも似た後ろめたさがちらつき、啓久は本をかばんにしまった。この先の人生ですべてのアウトは自分が犯した罪と紐《ひも》づけられてしまう気がしていた。ごみを不用意に捨てても、外食で食べ残しても、百円を拾ってそのままポケットに入れても、「盗撮をした人間」の行為はそうでない人間より重いのだと。それは新夏に対する気持ちと一体になっていて、きっと薄れても消えない。

祥子と訪れた祭りは、ベッドタウンのベッドタウン、のようなちいさな町で行われていた。東京からだと程よい小旅行の距離だが、めぼしい観光地などはなく、当然啓久も初めての土地だった。

「過疎化が進んで祭りの存続が困難ってことで、とりあえずきょうは現状視察かな。いろいろ見て、気づいたことがあれば神尾くんからもどんどん教えてね」

「はい」

行きの電車で、改めて資料を読み直した。祭りの歴史は古く、戦国時代にまで遡《さかのぼ》る。山に棲《す》みついた猿の化け物が毎年少女の生贄《いけにえ》を要求し、里の者は泣く泣く従っていたが、偶然この地を訪れた旅の武将が退治を買って出る。そして少女の代わりに駕籠《かご》に潜み、見事に猿を討伐した。以来、この武将の功績を称えるとともに、猿が怨霊にならないよう鎮魂のための神事を毎年催すようになった——ありふれた昔話が由来だった。

「続けなきゃいけないものなんですかね、祭りって」

ふと漏らすと横顔に視線を感じ、慌てて「歴史とか伝統とかが大事なのはわかるんですけど」と付け足した。「無理してまで、みたいな」

「やめたら猿に祟《たた》られると思ってんじゃない?」

「まさか」

「だってやめちゃった後で何か不幸が起きたら、連想せずにはいられないでしょ。もしかして……って。下手すればその懸念が何年と続くわけじゃない。だったら、何とか自分の代では存続させて次世代に責任を先送りしたいもん」

「ああ……」

もし自分の身の回りに不幸があったら、啓久も思うだろう。俺が盗撮なんかしたから、盗撮なんかするような人間だからひどい目に遭う、と。あの日を起点に人生が書き換わり、枝分かれしたルートは全部あの朝に繋《つな》がっている。それまでの三十年はなかったのと同じだ、と時々思わずにいられない。

最寄駅からバスに乗って目的の神社に着くと、参道にはすでに屋台が並び、かなりにぎわっていた。存続の危機に陥っているようには見えない。祥子は関係者用テントに直行して挨拶回りを始め、勝手のわからない啓久はただ後ろにつき従って名刺を差し出し、受け取った。新卒の時以来の緊張感が何だか懐かしい。

「もうすぐお稚児《ちご》行列が始まるから、まずはそれを見ていただいて」

宮司に案内され、参道へ続く通りで待機していると、祥子が大きなトートバッグからデジタル一眼レフを取り出して構える。

「神尾くん、こういうカメラいじったことある？」

「いえ、全然」

「本物のカメラ、触れるようになっといたほうがいいよ。最低限の機能だけでも。これはわたしの私物だけど、会社のカメラ使う機会もあるだろうし」

本物のカメラ、と胸の中で繰り返す。俺が使ったあれは、偽物のカメラなんだろうか。罪は本物なのに。

「スマホじゃ駄目ですか」

「画質は問題ないけど、取材先への体面っていうかさ。先方が『スマホかよ』ってテンション下がるかもしんないし。資料用だったら何でもいいよ」

「はあ……」

言葉を濁していると、やがて、道の真ん中を何人かの神職がゆっくりと歩いてくる。その後ろには、巫女《みこ》の衣装をもっとゴージャスにしたような出で立《いた》ちの少女が五、六人続いていた。

全員、幼稚園か、せいぜい小学校の低学年というところだろう。厚底の草履に慣れていないのか、しずしずというよりおそるおそるの足取りがほほ笑ましかったが、緩みかけた頬は、カシャカシャという乾いたシャッター音で強張《こわば》った。気づけば、行列の両側の沿道に「本物のカメラ」を構えた見物客がひしめいている。バズーカみたいな望遠レンズがついたごつい機種もあり、胸がざわざわ落ち着かない。地元のマスコミでも稚児の親族でもなさそうな男はいったい何のために、と眉をひそめた自分の感覚が真っ当なのかどうか、自信がなかった。自分がそうだったから、他人を過剰に色眼鏡で見てしまっているだけなのか。ひっきりなしに聞こえるシャッター音が輪を作り、啓久を中心にどんどん迫ってくるような気がして逃げ出したくなる。行列から視線を逸らせば、人混みのどこかにクリスマスの夜の新夏を見つけてしまいそうで怖かった。電車の中で、スマホのカメラに反応して瞬時に啓久を見た新夏の目。反面、何で俺がトラウマになってんだ、と自嘲の笑いが込み上げそうにもなる。

気持ちを切り替えてその後の仕事に徹したつもりだったが、帰りの電車で祥子から「ひょっとして具合悪かった?」と気遣われてしまった。

「いえ。え、俺、何か失礼なことしました?」

「ううん、ちょっとつらそうに見えたから」

「すみません、何でもないです」

そうごまかし、しばらく車窓の風景を眺めていてもやはりあの仰々しいカメラの光景が頭から離れず、啓久は思いきって尋ねた。

「あの、お稚児行列の時、ガチすぎるカメラ持ってきてる人がけっこういましたよね。毎年あんな感じなんでしょうか」

「あー……」

祥子は渋い顔で言い淀《よど》んだ。「やっぱ気になった?」黙って頷く。

「ここ数年……って言ってももう十年くらいかな。明らかに地元民でも関係者でもない、それも男の人が押し寄せてくるようになったらしいんだよね。単なる写真好きとか民俗学好きとかだったら申し訳ないけど、このご時世に性善説では見てあげられないじゃない？　お稚児行列は、基本的に地域で小学校に上がった女の子が全員参加する習わしなの。まあ七五三みたいなもんで、無事に大人になれますようにっていう厄除け祈願として。でも得体の知れない見物客に写真撮られるのをいやがって、だんだん参加拒否するご家庭も増えてるんだって。それも存続が危ぶまれてる一因。かといって写真撮影全面禁止っていうのも無理だし。うちの娘もちょうど一年生だけど、積極的に参加させたいかって言われると……子どもは、きれいな服着てお化粧もしてもらえて喜ぶだろうけど複雑かな」

「難しいですね」

そんな毒にも薬にもならない相槌《あいづち》しか打てなかった。

「水着でも裸でもないからこそ、逆に、っていう気持ち悪さがあるよね。何をそんなに必死で撮ってんの？　って。正直、赤の他人が我が子にカメラ向けるだけでも嫌悪感湧く気持ちはわかる。娘が通ってた保育園でも、行事関係、撮影ＮＧだったし」

「え、親でもですか？」

「そう。業者が撮ったのを買うの。まあ理由は、場所取りのトラブル回避とかいろいろ」

「ちょっと寂しくないですか？」

「寂しい、てか張り合いない。プロが撮ってくれた写真はそりゃあクオリティ高いけど」

おかしな話だよね。祥子が苦笑する。

「誰でも気軽に写真が撮れるようになるにつれて、どんどん『撮ってはいけない』ふうになっていくのは」

「神尾さんも話してみない？」

その集まりに出るのは三度目だった。前に出席してから半年以上経っていたが、ブランクに言及するメンバーはいなかった。今までは人の話を聞く一方で挨拶と簡単な自己紹介以外口も開かず、参加というより見学の立場に近かった。急に話を振られて「え」と言葉に詰まる。

「あー……え、はい、ええと」

「あ、無理に話さなくてもいいですよ」

リーダーの瀬名《せな》がやんわりとフォローした。

「告白を強要する気はありません。ただ、打ち明けることがその後の立ち直りに重要だったりするから、これからも声かけはさせてください」

「はい」

助かった。ほっとしつつも、円形に並ぶパイプ椅子に座った男たちが、無言のうちに啓久を責めているようでばつが悪かった。人の腹の中ばかり見物してないで、お前も見せろよ、と。

「じゃ、前回から何かあった人いますか？　前進でも後退でも、もちろん停滞でもいいです。

話したいことがある人」

はい、とひとりの男が手を挙げる。

「カウンセリングと、ここでの対話を続けてきたおかげか、妻が戻ってきてくれました」

おお、とちいさな歓声と祝福の拍手が起こった。

「ありがとうございます。今のところ車通勤で、妻が送り迎えしてくれてます。帰りはスーパーで一緒に買い物するようになり、以前よりコミュニケーションも増えました」

瀬名は、うんうんと頷《うなず》きながら聞いている。

「ただ、問題というか……自分が事件を起こす前は、妊活してたんです。今はもちろん中断していますが、子どもを持ちたい気持ちは夫婦ともにあって。妻も来年三十五ですし、非常に悩んでいます。子どもをつくっていいのか、もし娘が生まれたら、そのことで妻が不安定になってしまわないか」

「揺れてるんなら、まだ時期尚早ってことじゃない？」

別のメンバーが挙手して言った。すぐに異論が上がる。「でも、子どもに対する責任感がいい方向に働くかもしれないし」

「いや、その考え方自体が無責任じゃないかな」

「とりあえず、卵子凍結しとくとか……」

「お互い、まだ腹割って話しきれてないと思うよ」

「共依存で執着し合ってる可能性もあるし、仮に子どもがいなかったら夫婦ふたりだけでこの先半世紀近くやっていくつもりはあるのか、ちょっと詰めてみたら？」

「奥さんは、別の男と結婚して子どもを持つって選択肢だって当然あるわけだし」

遠慮なく飛び交う言葉に、啓久は耳を塞ぎたい気持ちで押し黙る。自らの罪を曝《さら》け出せてすらいないのに、意見交換に加わる資格などない。前回もそうだった。軽蔑や自己嫌悪やいたたまれなさ、やりきれなさ、総じていえばしょっぱい感情をひたすらブレンダーでかき混ぜられているようで、全身がむずむずして叫びながら走り出したくなる。もちろん実行には移せない。こんなに臆病で人目を気にする自分が、あの時はどうしてあんな暴挙に及んだのか。

気後れしながらも二度通ったのは、新夏とやり直せるかもしれないという希望があったからだ。二回では「行ったよ」と申告するには弱い気がして、もうちょっと実績を重ねるつもりでいたら決定的な破局を迎え、以来足が遠のいていた。最初から打ち明けていれば、新夏はいくらか安心して、別れずに済んだだろうか？　そうは思えない。巻き戻す位置が遅すぎる。あの朝まで戻らなければ。タイムマシンに乗って自分を一発殴り、目を覚まさせる。日常は何事もなく続き、新夏に改めて求婚し、式や新婚旅行や新居の話を進める——頭や時間に隙間ができると、叶《かな》うはずもない過去仮定を繰り返してしまう。一方で、後悔の痛みは鉛筆の芯みたいに丸まり、徐々にすり減っている。自分の行いは消えなくても、繰り返す後悔さえそのうち過去になるだろう。

二時間ほどで会が終わり、貸会議室のあるビルを出ようとした時、瀬名から声をかけられた。

「神尾さん、お疲れさまでした」

「あ、どうも。すみません、きょうも石になってて」

「そんなの好きずきですから。また来てくれたのが嬉《うれ》しいですよ。よかったら、昼めしご一緒しませんか?」

別にご一緒したくなかったが、他人の恥部を一方的に覗き見ているという引け目で断れなかった。土曜日のオフィス街は空《す》いていて、雑居ビルの地下にある定食屋に待ちなしで入れた。

「それにしても久しぶりですよね。前にお会いした時はコート羽織ってたのに、もう梅雨なんだから」

瀬名はお冷やを一気飲みし、プラスチックのピッチャーから二杯目を注ぐ。

「神尾さんっていくつでしたっけ?」

「三十です」

「若いねえ」

「若くないですよ」

「四十八の僕からすれば若い若い。あの会はさ、何回か来てそれっきりって人も、忘れた頃にひょっこり顔出す人も、それぞれですから。神尾さんは、何か心境の変化でもあったんですか? あ、これも無理に話さなくていいですよ」

表情も口調もソフトな瀬名とふたりだと集団よりは圧が少なく、啓久は「ちょっと思うところがあって」と答えになっていない返事をした。

「そもそもは、当時つき合ってた彼女の勧めでカウンセリングに行った時、瀬名さんのグループを紹介してもらって」

「うん」

加害者用の相談窓口に行ってみたら、という提案を当初は突っぱねた。「異常者」のレッテルを貼られたようで腹立たしかった。頭が冷えたら今度は後ろ髪引かれるような落ち着かなさがまとわりつき、とうとう自分で検索してカウンセリングの予約を入れた。そこでのやり取りはよくも悪くも無難だった。しでかしたことと、簡単な家族構成や生育歴を話し、深酒と睡眠不足で冷静な思考ができてなかったせいだと思います、と伝えた。ここへは、恋人を納得させたくて来ただけだとも。女性のカウンセラーはひととおり話を聞くと「一度、自助グループの集まりに参加してみませんか」と切り出した。

——神尾さんのような、盗撮や痴漢といった性犯罪を犯してしまった人たちが定期的に対話する場です。同じ立場の人たちと話すことで、さまざまな気づきが得られると思います。

——でも、それって……「やめられない」人たちが行くところですよね？

酒や薬物依存と同じく当事者たちが励まし合い、見張り合うためのコミュニティに、なぜ加わらなければならないのか。新夏を突っぱねた時の憤りが瞬時によみがえり、結局自分は変わっていないんだなと情けなく思った。

ね？

――神尾さんは、もうあのような過ちを犯すことは絶対にない、と思っているわけですね？

――はい。

――でも、あなたが今、それを証明することはできない。

隣近所のおばちゃんみたいに気安い雰囲気をまとっていたカウンセラーの目が急に鋭くなった。少なくとも啓久にはそう見えた。

――わたしにも、永久品質保証みたいな形でこの先あなたが100％大丈夫だと太鼓判を押すことはできません。もちろん、一度もやっていない人だって同じです。でも、やっていない人たちや被害に遭われた人たちからすれば、0と1の間にあるハードルより、1と100の間にあるハードルのほうが遥《はる》かに低く見えることはわかるでしょう？　極論を言えば、あなたが今後何も罪を犯さず人生を終える瞬間に初めて「ほら、自分は大丈夫だった」と証明できたことになる。これから、一生かけてやっていくんですよ。

途方もなさに、めまいがした。だって俺は、たったの一回、出来心でシャッターボタンを押しただけだ。欲求不満でギラついてたとか、何かにむしゃくしゃしてたなんて動機もない。子どもの頃、道路の白線の上だけ辿《たど》って帰ろうとした日、小石を蹴り続けてうちまで運んでいこうとした日。たとえばその程度の、大した理由も意味もない思いつきだった。

理由も意味もないからこそ、またやらかしてしまうかもしれないのか？

――……厳しい言い方をしてごめんなさいね。ただ、どんな事件であれ、被害者と同じく、加害者も孤独に陥ってはいけないと思うんです。絶対、ひとりにならないほうがいい。

「彼女を何とか繋ぎ止めたかったんですけど、やっぱ無理で……もういいやって気持ち切れちゃって、すみませんでした」

「ああ、それはへこむよね」

瀬名は穏やかに同意し、運ばれてきたカツ煮定食に箸を伸ばす。「自業自得」とか「仕方がない」というわかりきった言葉が返ってこなかったことに安堵し、啓久もデミグラスハンバーグ定食を食べ始めた。「うまいね」と瀬名が言うので、それほどとは思わなかったが「そうですね」と同意しておいた。

「妻が健康管理に厳しくて、家では脂っこいものあんまり食べられないから」

いるのか、と驚いた。さっきの会合にも妻帯者がいたからレアケースではないのだろうか、彼らと別れない女の心境が啓久にはわからなかった。気が知れない、と思ってしまう。自分はみっともなく新夏に縋りついたくせに。

そのままふたりして黙々と咀嚼《そしゃく》を繰り返していたが、やがて啓久のほうから問いかけた。

「瀬名さん、事件の被害者が接触してくるって、どういう心理だと思いますか」

「え？　それは、どういう」

「……盗撮です。電車で」

「あー」

今まで皆の前で言えなかった前科をぽろっと打ち明け、やはり恥ずかしさで頬が熱くなった。とともに、一瞬であれ荷を下ろせたようで気が軽くなる。

「相手は、元々知ってた人？　友達とか」

「いえ、全然。たまたま駅のホームで近くにいたってだけです。去年の話で、また会ったのが先週……あっちから妙にハイテンションで話しかけてくるから、怖くて逃げました」

「逃げたんだ」

「だって、『うち来ない？』って言われたんですよ。意味わかんないじゃないですか」

訴えながら、意味わかんないのはあっちだろうな、という思考が胸を刺す。短いスカート穿《は》いて歩いてるだけで、写真撮られるんだから。

「示談で話ついたんですけど、また金要求されんのかなとか、彼氏にボコられんのかなとか、ネットに晒《さら》されんのかなとか……」

「さすがに妄想がたくましいよ」

瀬名が苦笑した。

「だって、いい想像はできないでしょ」

「その女の子と、去年会話したことは？」

「ないです。あっという間に取り押さえられて、その時ちらっと顔見ただけで。示談の話し合いは向こうのご両親とだったし」

「見当もつかないねえ」

「ですよね。もやもやというかざわざわというか、いてもたってもいられないような気持ちになっちゃって……」

「集まりに復帰したわけだ。でも、当然ながら、僕も他のメンバーも答えを持ってない。もっともらしい推測を述べたところで、神尾くんは腑《ふ》に落ちないままだよね」

「はい」

「だったら、いっそ相手とサシで話してみるのもありだと思うよ」

「対話、ですか」

「そうそう。会うのが怖かったら、電話でもメールでも。もやもやするのは消化不良だからでしょう。思いきって踏み出してみたらすっきりするんじゃない？　まあ、部外者の勝手な意見だけど」

「いえ、ありがとうございます」

「もしよかったら、ＬＩＮＥ交換しようよ。皆とのグループＬＩＮＥはまだ抵抗があるだろうから。世間話でも天気の話題でも、気軽に送ってくれたらいいし」

「あ、はい、お願いします」

別々に会計を済ませ、地下鉄の駅へ歩き出すと瀬名も並んで歩いた。

「瀬名さんも地下鉄ですか」

「うん。神尾くん、どこまで？」

「荻窪《おぎくぼ》です。瀬名さんは」

「じゃあ、新中野《しんなかの》あたりで降りようかな」

その言い方に引っかかりつつ、何となく突っ込めないまま電車に乗り込むと、瀬名は車両の真ん中あたりまでずんずん進み、吊《つ》り革を両手でがしっと握った。小学生かよと一瞬引いたが、すぐに、瀬名の前科が痴漢だったことを思い出した。不用意に異性と接触して、あらぬ疑いをかけられないよう自衛しているのだろう。

「地下鉄はいいよね」

ガッツポーズみたいな姿勢のまま瀬名がつぶやく。

「そうですか？　景色が見えないと退屈じゃないですか？」

「だからいいんだ。周りが暗くて、窓に自分の顔が映るのがいい。普通の電車でも、夜ならいいんですけどね」

ふと隣を見ると、瀬名の視線は車窓に映る瀬名自身に吸い寄せられていた。電車に乗る前とはまるで別人の、らんらんとした眼光に啓久は驚く。夜行性の獣のようだ。

「結局、自分をいつも見てられるのは自分しかいないから。だからね、マジックミラー号ってあるでしょう、AVで。電車の窓も全部あれだったらいいのにって思う。AVとは逆で、外からはガラスで、中からは鏡。そしたら、いつでも自分の醜さと直面して冷静になれるから」

吊り革を握る瀬名の両手は、どう見ても過剰な力み方をしていた。腕がぐっと筋張っている。冤罪《えんざい》を警戒しているわけじゃない、と啓久はようやく気づいた。痴漢行為への衝動を必死に堪《こら》えているのだ。さっきまであんなに普通の、理性的な中年男に見えたのに、何が瀬名を下劣な犯罪に駆り立てようとしているのか。瀬名は、鏡の中の自分が答えを持っているとでもいうように、じっと見つめ続けていた。そして、新中野に着くと解き放たれたようにぱっと手を開き「きょうはありがとう。じゃあ」と素早く降りていった。

寒気がした。座席はほぼ埋まっているとはいえ、満員にはほど遠い車内でも必死に耐えなければならないほど女に触りたいのか。妻や恋人や風俗では、その手のAVや動画では駄目なのか。不可解さが、恐ろしい。多少でも気を許してしまったことを後悔した。俺は、こんなのと同類なのか？

荻窪に着くと、母親から電話がかかってきた。

『いつジャム取りにくるの？　ＬＩＮＥしてから一週間以上経つわよ』

「……忙しいから、送って」

『やあよ、料金上がったし、割れ物の梱包《こんぽう》なんて面倒で。ところで、最近真帆子《まほこ》と連絡取ってる？』

「取ってるわけないだろ」

三つ上の姉とは、盗撮の一件で強制絶縁状態だった。それまでは割と仲のいい姉弟だったのに、真帆子の怒りようといったらなかった。親より恋人より激昂《げきこう》していた。

『あら、そうなの。あの子もずいぶん根に持つのねえ』

もちろん、母親のあっけらかんとした態度がいいとも思わないけれど。

『こっちにもだいぶつんけんしてた時期があったけどね、最近は軟化してきたわ。ママ友トラブルだかで孤立してるんですって。まあ、あんな人の話を聞かない性格じゃね。で、ジャムは？』

ジャムなんて別に欲しくない。母は暇さえあればジャムをこしらえ、親戚やら近所にせっせと配り回る。昔、姉が「もうちょっと緩いジャムにしてよ」とリクエストしたことがあった。

――いちごだったら、実がごろっと残ってて、フルーツ感のあるやつがいい。甘さ控えめで。

啓久も同意見だったが、「しっかり砂糖入れて煮詰めないと日持ちしないでしょ」と一蹴された。その時、母さんは俺たちのためじゃなくて自分のために作ってるんだな、と悟った。

「またLINEするから」

『もったいぶらないでさっさとね。こっちにも都合があるんですから。そうだ、もうすぐお父さんのリフレッシュ休暇で沖縄に行ってくるけど、お土産何がいい？』

「何でもいいよ」

おざなりに答えて電話を切る。するとまたすぐに着信音が鳴り、啓久はうんざりしながら「何だよ」と出た。

『あ、ごめん、お取り込み中だった？』

いきなり聞こえてきた若い女の声に、スマホを取り落としそうになる。

『あたし、こないだの小山内莉子《おさないりこ》です。あ、名乗るの初めてだっけ？　やーっとママの引き出しから名刺見つけたよー。神尾さんだよね？』

「……はい」

押し殺した声で、それだけやっと答える。

『番号変わってなくてよかったー。前はごめんね、いきなり変なこと言って。びっくりしたよね。何か誤解されてたらやだなと思って。土曜日だし、もし暇してたらどっかで会えないかな』

無理です、と断って、即切りして、着拒する。その3ステップがとっさに閃《ひらめ》いたが、同時に瀬名の言葉とさっきの異様な雰囲気が、啓久に待ったをかけた。

『どう？』

「行きます」

後悔するかも、と思いながら応じた。後悔するとして、あの時ほどじゃないのは確かだ。


指定されたのは、池袋《いけぶくろ》のシェーキーズだった。

「あたし、ここの芋が全芋の中でいちばん好き」

ピザそっちのけで、輪切りのフライドポテトを山盛りに取ってきた莉子が言う。

「神尾さん、食べないの？」

「昼済ませたばっかかなので」

「そうなんだ、タイミング悪かったね」

ポテトと申し訳程度の生野菜とカルピスをローテーションする莉子を前に、啓久は対話、対話、と自分に言い聞かせる。

「ねえ、これ見て」

莉子がフォーク片手にスマホを差し出してきた。真っ白な子猫の動画だった。タオルを敷き詰めた段ボールの中で前脚をもぞもぞ動かしながら眠っている。

「かわいくね？　ハクちゃんでーす」

「……かわいいですね」

「ママが拾ってきたんだけど、まだ三時間おきにミルクやんなきゃいけなくて大変」

「え、じゃあ、あの、猫がどうこうって、本当だったんですか」

「嘘《うそ》ついてどうすんの」

大口を開けてポテトを頬張る。「あたし、ぼっちだから、このかわいさをどうしても誰かと分かち合いたくて」

その相手が俺っていうのは、間違ってないか。

「あと、どうしてんのかなーってたまに気になってたから。またやってんのかなとか」

「やってない」

思わず語気が荒くなったが、莉子は動じず「ふーん」と頷いた。「そうなんだ」

「証明はできないし、思われても仕方ないけど、やってません」

「うんうん、わかったって」

「あの時は、本当に申し訳ありませんでした」

芋の向こうにいる莉子に向かって深々と頭を下げた。

「いーよ別に、そういうの」

「直接謝る機会がなかったので」

「実害なかったし、まじで気にしてないよ。大学の授業で聞いたんだけど、昔は『男は外に出れば七人の敵がいる』とか言ってたんだって。令和においては改訂すべきだよね。『女は外に出れば七人の変態がいる』」

自分の頰が引きつるのがわかる。

「電車、トイレ、エレベーターでしょ、学校も会社も安全じゃないし、夜道に、本屋とかも。マックで向かいのテーブルのおっさんがモロ出ししてたこともあったな。だからスカートの中撮られるくらいは、あるあるって感じ」

引きつったまま強張る顔に、莉子の視線がちくりと刺さる。

「どっちかっていうとね、撮られたことより、その後あたしが振り返ったの見て、明らかにがっかりされたのがきつかったかな」

腹に重たい一撃を食らった気分だった。全部ばれていた。取り押さえられながら、莉子の顔を見て啓久は確かに落胆した。ごつい顎、細くちいさな目、べちゃっと横に広い鼻と、ぶ厚いだけでセクシーからほど遠い鈍重そうな唇。何だよ、最初からわかってたら——。

「そんなことは——」

あまりにも見え透いた弁解は「そういうのいいから」と撥《は》ね除《の》けられた。「後ろから近づいてきたナンパとかキャッチが顔見た瞬間に舌打ちするのもあるあるだし、身体は百二十点顔は三点とか、しゃべったこともない男子から採点されるのもあるある。道で肩叩かれて振り返ったら『やば、ドボンじゃん』って三人がかりでげらげら笑われたりさ、何かもう、こっちも笑うしかないよね」

「申し訳ありませんでした」

馬鹿のひとつ覚えみたいにそう言うほかなかった。

「だからいいって。ねえ、神尾さんの話も聞かせてよ。あれからどうしてた？」

「彼女に振られました」

「まじ？　わざわざ自白したの？　正直すぎない？」

「いや、捕まった時点で母親が電話してたんで」

そうだ、示談で話がついて、逮捕も勾留もされないとわかっていれば、母は新夏に隠しただろうし、啓久も口を噤《つぐ》んだだろう。そうして、何も知らない新夏と笑い合う未来予想図は恋しいものにも空《むな》しいものにも思えた。

「こんなドブス盗撮して振られたんじゃ、割に合わないね」

あまりにあけすけな言いように頬が緩みかけたが、莉子の眼差しが自虐と不釣り合いに冷静だったので慌てて口元を引き締めた。コスパが悪い、と啓久も確かに思った。

「『割』って誰が決めるんだろうね」と莉子が言う。「この仕事したら時給はいくらとか、この犯罪したら罰はどのくらいとか。誰がどうやって決めたんだろ」

ふと、訊きたくなった。

「もし、小山内さんが僕の罰を決めていいとしたら、どのくらいを言い渡しますか」

「死刑か去勢」

冗談だろと思うほどの反応速度と重さだった。でも、顔は笑っていない。

「絶対許せないってことですか」

「ううん。気にしてないって言ったじゃん。でも、罰って言われたらそう答えちゃうかなあ。怒ってるとかじゃなくて、うーん、そうするしかなくね？　みたいな。死んでほしいって意味と違くて」

「ほかの意味には取れないですよ」

「ごめんごめん、仮定の話でしょ。もうやめよう。てか、あたしも神尾さんにちょっと謝りたいことあって」

「え？」

「話し合いの時、うちの親に変なこと言われたでしょ」

「YouTubeがどうとか？」

「そうそれ」

啓久の両親も揃っての謝罪と、弁護士による示談の提案がなされた席で、莉子の母がいきなり切り出した。

——あのう、ひとつ提案なんですが、そちらの息子さん、わたくしどもの動画に出ていただくことってできます？

啓久は「は？」と思い弁護士を窺った。弁護士も「は？」という表情をしていた。今度は父親のほうが「すいません、唐突に」と口を挟む。

——YouTubeチャンネルを運営しておりまして。普段は家族の何気ない日常を公開しているんですが、今回、娘が盗撮の被害に遭ったということで、注意喚起の意味も込めてこの件も発信するつもりです。つきましては加害者の生の声もあると、より多くの視聴者に見てもらえるし、役に立つんじゃないかと……あ、もちろん顔にはモザイク入れますし、音声も加工して、絶対個人が特定できないようにしますんで。

両隣で、父の眉が吊り上がり、母の額に青筋が浮かぶのがわかった。

——そのご要望に応じないと、示談にはできないという意味でしょうか？

怒りを押し殺した父の問いに、莉子の両親は「いえいえ」とあっさりオファーを引っ込めた。

——できれば、っていうお話で、そんな、取引みたいな意図はありませんよお。言ってみただけっていうか……。

逆上して殴りかかられるのもごめんだが、娘が性犯罪の被害に遭ったというのに、へらへらと軽薄な笑みを浮かべる夫婦は気色悪かった。帰り道、母は「何なのあの人たち」と憤りをあらわにし、父から「穏便に済んだんだからよしとしよう」と宥《なだ》められていた。

「神尾さんのパパママ、めっちゃピキってたって聞いて、悪いことしたなって思っちゃった。うちの親、常識なくてごめんね」

「個性的なご両親だな、とは思いました」

無難で嘘くさい言い回しなどお見通しと言わんばかりに莉子は「へっ」と笑い、またスマホを差し出してきた。

「動画、チェックしたことある？　パパの名刺に二次元コード載せてるけど」

「いえ」

「じゃあ見てよ。けっこう人気だからさ」

「はあ……」

家族の何気ない日常、だっけ？　全然興味ないんだけど。渋々スマホを受け取ると、やけに手早くベーコンを刻む女の手元が映った。倍速に設定されているようだ。『きょうはお休みなのでゆっくり起きて朝食の用意です』と手書き風の字幕。スタジオみたいなアイランドキッチンは言わずもがな、包丁もフライパンも皿もカップも、画面の中のすべてがセンスと余裕をこれでもかと主張していて、ものの十秒で鼻についた。どこが「何気ない日常」だよ。なのに、もう二十万回以上再生されている。誰がこんなものを喜んで見ているんだろう。

「え、これ、お母さんですか」

「そう」

首から上が巧みにトリミングされた女は生成りのエプロンをまとい、慣れた手つきでベーコンエッグを焼き、バターを二度塗りしたトーストやフルーツヨーグルト、カフェオレをセッティングしていく。終始BGMを流し、声も出さないスタイルらしい。『完成！』『娘を起こしてきます』という字幕の後でカットが変わり、階段から下りてくる脚が映った。ショートパンツを穿いた膝下の長さと程よい肉付きが際立っている。莉子だ。やはり首から下、もしくは後ろ姿だけのアングルで食卓につき、朝食を取る。まるで「上級国民」一家の優雅な生活のひとコマだった。彼女の両親からはまったくセレブ臭などしなかったのに。それに——啓久はほかの動画もいくつか再生し、眉をひそめた。料理やケーキ作り、お気に入りのレコード紹介。隅々まで洗練された暮らしを発信する動画に出てくる顔なしの「娘」は、はっきり言うとエロかった。胸や尻をわざとらしく強調するわけではなく、さりげない演出なのにやたらとそそる。鎖骨、うなじ、腋《わき》、膝の裏。数秒のカットに確かな「男の目線」が入っている。同じ構図、同じカメラで女が撮ってもこうはならない気がする。コメント欄は「娘ちゃんほんとスタイルよくてうらやましい」などと女目線の素直な賞賛ばかりだったが、「そういう目」で見ればすぐにわかる。ここには明らかに性的な「サービス」の要素が含まれているし、絶対に「娘」目当てでチャンネル登録している男もひとりやふたりじゃない。これを、あの父親が撮っているのか。

「——ね？」

啓久の手からスマホを取り返すと、莉子は不揃いな前歯を剝《む》き出しにした。

「だからあたし、スカートの中撮られるのなんか、全然へーき」

家に帰り、小山内一家のYouTubeを改めてチェックして「娘が盗撮被害に遭いました」というタイトルの動画を見つけた。しっとりと光沢を帯びた革のソファに、莉子が座っている。デニムのタイトスカートから覗く膝と膝を擦《こす》り合わせる、それだけの動作にも撮り手の作為が透けて見えた。

『娘が盗撮被害に遭いました。朝の電車で、スカートの中を撮影されたそうです。幸い、周囲の方が捕まえてくださり、画像を削除させることができました。犯人の男性は、本当に普通の、きちんとしたサラリーマンという感じで、娘も私も大変ショックでした。娘のケアに努めるとともに、こういった犯罪がなくなることを願っています』そこでカットが変わり『動揺を抑えるため、餃子《ギョーザ》を包んでいます。機械的な作業は精神安定剤代わりになりますね……』

餃子を包んで、焼いて、十分程度の動画にはきっちり広告が挟まれていたが、『この動画の広告収入は、女性支援団体に寄付させていただきます』と締め括《くく》られていた。本当かどうかは怪しい。善意と労《いたわ》りで溢《あふ》れかえるコメント欄には、投げ銭も多かった。『娘さんとおいしいものでも食べて忘れちゃってください！　性犯罪者は●ね！』。誰だよ、お前。

瀬名からはＬＩＮＥが来ていた。

『きょうはどうもありがとう。地下鉄での僕に驚いたでしょう。踏みとどまれる自信がなく、公共交通機関は、なるべく誰かと一緒に乗るようにしています』

何と返せばいいのかわからなかった。

自分は、踏み外した。踏み外して穴に落ちたようなものだと思っていた。啓久の実感では腰くらいの深さだった穴が、実は何重底にもなっている。次の穴、また次の穴、と深みは続き、そこで瀬名やほかの男たちももがいている。一度落ちてしまったらもう這《は》い上がることはできず、よくて今の場所をキープできるだけ。一生、変わらない。一度でも、女を同意なく「そういう目」で見て実行に移したら、自らも「そういう目」でしか見られない。見られなければならない。自分自身にさえ。自分の罪は、透かしのように「神尾啓久」という人間の一部として離れないのだから。

『あなたが興味ありそうな動画』のサムネイルは、【私人逮捕】【盗撮犯を捕まえました】という見出しのものばかりだった。自分もこんなふうに晒される可能性が十分あった、と想像するだけで鳥肌が立ち、晒されずに済んでよかったという卑しい保身にいっそう寒気は増す。もっとも、まだ免れたと決まったわけじゃなく、事件当時の画像や動画が忘れた頃にネットで拡散されるかもしれない。モザイクもかかっていないそれが知り合いの目に留まり、個人情報が漏れたら。名前や家が突き止められたら。こんな恐怖を、盗撮される側も味わっているに違いない。後悔の沼にずぶずぶはまり込んでいく。アピールの甚だしいサムネイルが眼球を痛めつける。さあ、何回でも見て。この恥ずかしいやつらを。笑われて、憎まれて当然の犯罪者たちを。みんなで見て愉しもう。そう、訴えかけてくるから。

『盗撮　逮捕』というキーワードでＳＮＳを浚《さら》えば、まるで男に課せられた義務だとでもいうように、日々新しい犯行が更新されていてきりがない。容疑者が『無職』とか『アルバイト』の肩書きなら羞恥心を覚えたし、『医師』『大学教授』『公務員』あたりならほっとした。自分の名前がないことを確かめているはずが、いつしか自分の名前を探してしまっている。俺の罪もここにあるはずだと、無意識に上の前歯で舌の表面をこそげながら。飲みきれなかった粉薬みたいに苦い自己嫌悪が張りついている。自分のやったことと向き合う、というのは、こんな夜を繰り返すことなのだろうか。

翌週、平日の会社帰りに実家でジャムを引き取った。半ば予想していたが、枇杷に加えてパイナップルジャムまで持たされた。働いた身体にジャムの重みがずしりとくる。しかも、食べきる前にまた桃だの夏みかんだの、新作を押しつけられるのは間違いない。実家の冷蔵庫にはいつも同じ規格のジャムポットが整然と詰め込まれていて、理科室の標本みたいだなとつねづね思っていた。

ジャム片手に電車に揺られていると、莉子からSMSが入った。

『またシェーキーズつき合って』

ふと、このジャムは自分の家より小山内家にあるほうがふさわしいのでは、という考えが浮かんだ。あの、一分の隙もない「良質な暮らし」を構成する要素として悪くないだろう。駄目元で「ジャムいりませんか」と送ると、驚くほど速く「いる!」と返信があり、次の日の夜に今度は渋谷《しぶや》のシェーキーズで待ち合わせた。

「芋ばっか、飽きないですか」

「今は芋期だから」

皿の上でこんもり積み重なったポテトに、莉子は勇ましくフォークを突き刺す。

「毎日でも食べたい！　ってテンションが一カ月くらい続いて、次は半年くらいどうでもよくてまた急に超食べたくなるの。そういう周期」

紙袋ごとジャムを手渡すやさっそく中を覗き込んで「すごい、おいしそう」と無邪気にはしゃぐので、啓久は自分がいいことをしたような気持ちになった。

「枇杷のジャムって初めて。どうやって食べるのがお勧め？」

「実家だと、クリームチーズと一緒にトーストに載せたり」

「あ、それいただき。これ、お母さんが作ってんの？」

「やたらジャム作り好きなんですよ。自分じゃそんなに食わないくせに」

「YouTubeしてない？」

「まさか。見たこともないと思います」

「じゃあこれ、『いただきもののジャムです』って紹介しても平気？」

「たぶん」

「絶対ママが食いつくと思うんだよね。瓶もおしゃれだしさ」

「……撮影って、お父さんがされてるんですか」

そろりと尋ねた、その口調で莉子には伝わったようだった。

「そう。最初はママが撮影も編集も全部やってたんだけど、パパがカメラ回して、衣装も決めて、あたしの脚とかさりげなくフィーチャーするようにしたら、再生回数急に伸びたんだって。こっちにはけっこう細かい解析データ届くからさ、四十〜五十代男性のアクセスが増えてて。セクハラコメントは即削除してるけど」

ウケるよね、とさしておもしろくもなさそうに言う。「YouTubeなんか乳首すらアウトだし、無修正のエロが見たけりゃネットにいくらでも落ちてるのに。パパは『侘《わ》び寂《さ》び』って言ってたかな。サムネからエロ釣りしてくるような下品な動画より、今はこういうのが逆に尊いんだって。意味わかんないよね」

エロ用途じゃない（はずの）ものを「そういう目」で見ると妙に興奮する、という心理は啓久にも理解できる——情けないことに。

「小山内さんは、それでいいんですか」

お前が言うな、と思いながら、訊かずにはいられなかった。

「だって動画収益で食べてるもん。奨学金のバフなしで私大に通えてるとか、もはや貴族じゃん」

「……貴族はそんなに芋食わないですよ」

「じゃあ、貴族っぽいやつ取ってこよ」

そう言って選んできたのはチョコバナナのデザートピザだった。何が貴族っぽいのかさっぱりわからない。

「カメラは真実を写す、とか言うよね」

「よく聞きますね」

「でも、うちのチャンネルは嘘まみれなのに今んとこばれてない。ママはあんなナチュラルカラーのゆるっとした服とか大嫌いだし、パンもケーキもご近所にお裾分けしないで捨ててるし、部屋が散らかったら全部納戸に突っ込んで隠すし、普段のごはんはコンビニか冷食だし……」

……娘の盗撮被害にショックを受けてもいない。被害者の親でありながら、媚《こ》びるように話しかけてきた夫婦の顔を思い出す。

「ま、そんな人いっぱいいるんだろうけど」

「俺の元カノ、カメラマンでした」

何かが緩んだのか、一人称が「俺」になってしまった。

「え、かっこよ。何て名前？　検索したら出てくる？」

「名前出して作品発表するような売れてるカメラマンじゃなくて、こう……」

「どうでもいい写真？」

「いや、どうでもいいって言ったら失礼ですけど。本人も、カメラマンとかフォトグラファーって言われるのはいやがってました」

「でも仕事には違いないんでしょ？　うちのパパなんか名刺に『映像ディレクター』って書いてるよ、やばいでしょ。家内制YouTubeしかやってないくせにさ。あと、バズらせるコツとかの怪しいセミナー。第一、どこで名刺使うんだよっていう」

「はは」

啓久が笑うと、莉子は嬉しそうだった。いや喜ぶなって。苛立《いらだ》ちが自分の笑顔の表面を掠《かす》めていった。俺は加害者なんだから、笑うな、歯を見せるなって怒ってくれ。ご機嫌伺う感じ、出すなよ。

「カメラマンの彼女なんか、どこで知り合うの？」

「普通に、合コン」

「『普通に』」

復唱してから莉子は軽くテーブルに身を乗り出し、「もっと聞かせて」とせがんだ。

「え、何を」

「恋バナ」

仕方なく、新夏との馴れ初《なそ》めやプロポーズから、破局に至るまでをダイジェストでお送りした。事件以降のことはだいぶぼかして「話し合って一度はやり直すことになったけどやっぱり駄目だった」と雑に丸めた。

「じゃあ、めちゃくちゃ嫌われて捨てられたってわけじゃないんだね」

「たぶん」

「つまんないの」

さっきより全開の笑顔で、莉子は言った。ピザにフォークを突き立てながら。

「変態死ね最悪ってディスられて捨てられちゃえばよかったのに。そんで元カノに言いふらされて、友達もいなくなればよかったんだよ」

一瞬言葉を失ったが、すぐにそりゃそうだろうなと思い直した。内心でははらわたが煮えくりかえっていて当然だ。「示談」は「許す」という意味じゃないし、そもそも金銭でことを収めるのは親の意向で、莉子は不満だったのかもしれない。怒りを直接ぶつけたくて、敢《あ》えてにこやかに接触してきた。「全然へーき」なんて言葉を真に受けた自分に腹が立つ。なわけねえだろ。

「言いふらすような人じゃないです」

莉子は聞いているのかいないのか、折りたたんだピザを大口開けて頬張る。

「……言いふらすような人じゃなくて助かった、と思ってる自分も、います」

「いい人なんだね」

「はい」

「見る目あんじゃん。盗撮相手を選ぶ目はないくせに」

否定はできないが肯定するわけにもいかない。ただ押し黙っているしかできない時間の苦痛で、莉子の気はいくらかでも晴れるんだろうか。

「今、恥ずかしいっしょ？　こんなふうに詰められていやみ言われてさあ」

「僕が悪いので」

「そういうことじゃねんだよ」

チョコソースで汚れたフォークの先端が両目の間に突きつけられる。刺さるほどの勢いではなかったが、啓久は軽くのけぞった。

「恥ずかしいっしょ？　でもこっちもなんだわ。駅員も警察官も『盗撮された？　こいつが？』って顔してた。そっちの弁護士も。示談拒否って裁判とかになったら、また誰かにおんなじ顔されんだよ。あたし、一応被害者なのに、何で二度三度と辱められてるわけ？」

「いや、それは……」

「何よ」

「駅員とか警察官はわかりませんけど、弁護士さんがそういう目で見てたっていうのは、違うんじゃないかっていう」

「あたしの被害妄想ってこと？」

啓久はまた黙った。フォークの先端がちらちらと上下に揺れている。その向こうで莉子はふしぎなほど落ち着き払った顔つきで、何なんだろう、と思う。本心が見えない。

「被害妄想だったとして、あたしの思考回路をそんなふうにしたのはこれまで心を折ってきた男だから。神尾さんが盗撮したのも、あたしがこんなふうに卑屈になったのも、神尾さんが今ウザ絡みされてんのも、全部男のせい。ざまぁだね」

積もり積もった鬱屈は啓久と関係ない。でもそれが男から与えられた痛みなら、自分がぶつけられても仕方ないのかもしれない。莉子を「そういう目」で見る男の気持ちがまったくわからない、とは言いきれないから。

「あたし、こんなにまっすぐ男の人と目合わせたの、初めてかも」

フォークを下ろし、莉子がつぶやく。「いつもは怖いからまともに見られないもん。いやな顔されたり、きっしょ、とか、発情してんじゃねえよブス、とか言われるから。女だって悪口言うけど、何か違うんだよね。女のディスりは皮膚にちくちくきて、男のディスりは骨とか内臓にくる感じ。絆創膏も湿布も貼れない、見えないとこでずっと痛いみたいな」

それはあまりに環境が悪すぎるし、もうすこし大人になれば、そんな暴言を表立って吐く人間とは関わらずに済むだろうと思ったけれど、啓久は、啓久が生きてきた世界しか知らない。外見に関して悪《あ》し様に言われたことのない男の世界しか。

「でも神尾さんは言わないもんね。だってゲス犯罪者だから、絶対にあたしより下で、あたしに逆らえない。安心する。堂々と見下せる男の人って初めてだから、それはまじで嬉しいの——ねえ、あたしこんなんだけど、恋愛ってできるかな?」

試されているんだろうか。「できます」って言ったら「じゃあつき合える?」って迫られたり……考えすぎか。啓久になら何を言っても許されると思って、掃き溜《だ》めにしているだけだ。

「できないとは思わないです」

「俺は無理だけど、って?」

莉子の問いは無視した。

「だって、たかが恋愛ですよ」

「相手を当たり前に見つけてきた人の台詞《せりふ》だね。喉渇いたな、アイスティー取ってきてくんない？」

ジャムを進呈しようなんて出来心を起こしたばっかりに、だいぶ面倒くさいことになっている。なぜ回避しなかったんだろう。莉子の身の上に同情したから？　マイルドに性的搾取されてててかわいそう、ってどのつら下げて？　何をしてやれるわけでもない。さっきだって、やさしい嘘を誠実につく、という思いやりさえとっさに示せなかった。

心配しなくても大丈夫。いつかきっと、ありのままの小山内さんの魅力に気づいてくれる人が現れるから――言えないって。

アイスティーと烏龍茶のグラスを持ってテーブルに戻ると、莉子は意外そうに頰杖《ほおづえ》をついた手のひらから顎を持ち上げる。

「何だ、ちゃんと帰ってきたんだ。逃げ出す隙をつくってあげたのに」

「え？」

「ダルい会話につき合ってらんないっしょ」

「いや、だるいっていうか……いいコメントできなくて申し訳ないって思うだけで」

「やさし」

ため息のような言葉に、ピザの焼き上がりを報《しら》せるアナウンスがかぶる。腹減ったな、と思った。

「でも、神尾さんがぎっとぎとのキモいおじだったら嬉しくない、てかそもそもこうしてない」

チーズや油の匂いが漂う店内で、莉子の声はかさかさ乾いて聞こえる。

「あたしの顔見て、神尾さんががっかりするのはしょうがないと思った。でも神尾さんがキモいおじだったら許せなかった。お前が値踏みしてんじゃねーよって裁判したかも。よかったね」

「何でそんな反応に困ることばっか言うかな……」

莉子は何がおかしいのかけらけら笑った。

「もっと言ってあげる」

「いやもうまじで無理です」

「大学卒業したら絶対整形する」

その発言には驚かなかった。むしろ言いそう、と納得した。整形は何の罪でもないから、好きにしたらいい。

「整形して恋愛するんですか」

「その前に身体売る。お金たくさん稼いで、美しい男に貢ぐ」

「何だそれ」

ついタメ口になった。啓久を困らせておもしろがるために口走ったわけではなさそうだった。開きかけた切り傷みたいな目にきらきらと無邪気な光が宿り、ほんの一瞬、莉子を愛らしく見せた。

「もうどこのクリニックのどの先生にお願いするかも決めてるんだ。あと三年あるからまた技術も進歩して変わるかもしんないけど。それで大勝利の顔面になって、パパ活とか風とか頑張って、きれいな顔の男にぶっ込む。二・五でもホストでもメン地下でもいいけど、整形は認めない。遺伝子優勝みたいなお顔の男がいい。恋愛とかはそれに飽きてからだな」

「俺がおっさんなせいか、意味がよくわかんないんですけど」

「こんな子が？　って思われたいの。ブスが身体売ってもますますバカにされるだけじゃん。何なら、『抱いてやってる』まであるよね。あたし、ありがたがられてみたいから」

「いや、別に身体売らなくても」

「だって男の人がいちばんありがたいのってそれでしょ。で、美しい男は女に困ってないからお金をありがたがるでしょ。あたしも満足だし、一石三鳥じゃね」

「わからん」と啓久は繰り返した。「全然わからん」

「だろうね」

莉子は当たり前と言いたげに啓久の無理解を鼻先であしらってみせた。「わかるわけない」拗《こじ》らせてる。まともじゃない。浅はかすぎる。いろんな言葉がよぎり、そのすべてに「でも」というしっぽがくっついている。この子をこんなふうにしたのは、あの朝の俺の視線だ。欲望の掌《てのひら》を返した落胆。失望。そんなレンズを通して見られることを莉子が望んだわけがないのに。「きつかった」と軽い表現に留《とど》めたのは、彼女の精いっぱいのプライドじゃなかったか。

「……高いでしょ、整形って」

「安いほうが怖くね？　その後の人生考えたら全然アリだよ、むしろコスパいい」

コスパ。かつて自分が投げた小石が跳ね返ってぴしりと頬を打ったような気がした。

「漫画とかでよくある、ブスがイケメンから親切にされて勘違いするみたいなの、フィクションが過ぎるって毎回思う。ブサイクが美人から親切にされて勘違いするのはアリかもだけど。だって女のほうが日々わからせられてるからね、これまでの人生で。勉強できるとか駆けっこ速いとかおもしろいこと言えるとかで底上げしてもらえない。たまたま福利厚生まで行き届いたイケメンに遭遇したところでありがたみしかないし。拝むだけ。仏に恋はしないじゃん――ごめん、何かめっちゃ語ってんね」

莉子が大人びた苦笑を浮かべる。「当てつけてるわけじゃないよ。何か違うこと話そ。しりとりでも何でもいいから、振って」

「猫」

とっさに口から出た。「そういえば、動画には猫出さないんですか。せっかくかわいいのに」

それこそ、再生回数に貢献してくれるだろう。

「あー、あの子はね、正確には『うちの子』じゃないから」

「え？」

どういう意味か訊こうとした時、啓久のスマホが鳴った。「出なよ」と莉子が促す。母からだった。

『啓久、いきなりで悪いんだけど、うちの前までお姉ちゃん迎えに行ってあげてくれない?』

「は?　何それ」

『夫婦喧嘩して、楓《かえで》を連れて家飛び出してきちゃったって言うのよ。スマホしか持たずに。本当呆《あき》れる、考えなしで』

「で、実家に来てんだろ?　そのまま泊めればいいじゃん」

『何言ってるの、今沖縄にいるんだってば。前に言ったでしょう?　真帆子にもちゃんと伝えてたのに「そんなの聞いてない」って、何でこっちが怒られなくちゃいけないんだか』

大体あの子は、と母が愚痴っている間に、莉子はテーブルに二千円置いて立ち去った。

「ありがとね」と口パクで残して。

『今夜はどうしても帰りたくないって聞かないから、啓久の家に泊めるか、ホテル代貸してあげてちょうだい』

「無理だろ。俺、絶縁されてるし。害虫並みに嫌われてんのに」

『一応、納得はしてたわよ。うちの近所のカフェあるでしょ?　角曲がったところの、セルフの。あそこで待ってなさいって言ったからね、頼んだからね、よろしく』

母は明らかに適当だった。楽しい旅行に水を差されて気分を害したのかもしれない。こっちだって疲れているし、姉ひとりなら無視したって構わないのだが、まだ幼い姪《めい》のことを思うと無碍にはできなかった。

指定された店に行くと、姉は隅っこのテーブル席で楓を抱いて座っていた。楓はもう眠っているようだった。啓久がアイスコーヒー片手に無言で向かいに腰を下ろすと、一瞬目を合わせてまたすぐに伏せる。ごめんくらい言え、といらつきながらコンビニのATMで下ろした現金を封筒ごと差し出した。

「五万で大丈夫?」

「うん」

事件発覚の際のキレっぷりから、きょうも「金置いて消えろ」などの暴言を浴びせられる心構えはできていたのに、至ってしおらしい返答だった。単に大声を出して娘を起こしたくないからかもしれないが。

「ここの支払い、大丈夫だった?」

「ＰａｙＰａｙにちょっと残ってた。でも現金でチャージしてるから、クレカ登録してない」

備えもなく家出すんなよと呆れたが、まともな会話ができそうなのは助かる。

「義兄《にい》さんと喧嘩したって?」

姉はしばらく黙って楓の背中を叩いていたが、やがて「すごくつまんないこと」と洩《も》らした。

「ママ友のグループで流行《はや》ってるドラマがあって、不倫ものだったから『ありえない、気持ち悪い』って言ったの。既婚者がパートナー裏切って自己陶酔しながら盛《さか》ってるだけ、離婚しないサレ妻もどうなのって。その場では『そだねー』みたいな反応だったのに、だんだん遠巻きにされるようになって……知らなかったんだけど、ママ友のひとりが旦那さんに不倫されて再構築の真っ最中だったんだよね。しかもその旦那さんがうちの夫と同じ会社の先輩で、『あんま嫁を刺激するようなこと言わないでほしい』って夫を通じて釘《くぎ》刺されたから私もかっとなっちゃった。不倫するやつが悪いのに、責任転嫁されても困る」

本当に、何てつまらないトラブルだろう。ため息をぐっと堪え「思ったことぽんぽん口に出さないほうがいいんじゃね」と忠告するに留めた。

「楓が友達と遊べなくなったりしたらかわいそうだろ」

「わかってる」

これ以上話すことも特にないので席を立とうとしたら「ねえ」と呼びとめられた。

「昔、お父さんが不倫してたの、覚えてる？」

「……まじで？」

「やっぱ忘れてるんだね。一回だけ、水族館に連れていかれたよ。私が八歳で、あんたが五歳。水族館の前に知らない女の人がいて、『お父さんが会社でお世話になってる人なんだよ』って紹介された。水商売っぽくはなかったし、そこは本当だったのかな」

まったく記憶になかった。忘れてしまったのか、忘れようとしたのか。

「普通にイルカのショーとか見て、その人が作ってきたお弁当食べて、喫茶店でパフェも食べた。帰り道『きょうのお姉さんのことはお母さんに内緒だぞ』って言ったお父さんの顔、すごく怖かった」

「それって、母さんと離婚するつもりだったたってこと？　まずは俺たちと顔合わせみたいな……」

「知らない」

啓久の言葉を遮《さえぎ》った姉の目に、怒りがちらついた。

「それからしばらくして、あんたが口滑らせたの。『お姉さんのお弁当に入ってた、チーズ入りのハンバーグまた食べたい』って。私は冷蔵庫から牛乳を取ろうとしてて、はっと振り返ったら、ジャムを煮るお母さんの横顔が凍りつくところだった。……ああいう時、なぜか怒りを買うのは、ドジなあんたじゃなくて、秘密を守ってた私のほうなんだよね。信じられないほど冷たい声で『お姉ちゃんも一緒だったの？』って詰問された時、足がふるえたよ」

嘘だろ、と食い下がりたかった。水族館も、自分のミスも、本当に覚えていない。俺は、家族に走った重大な亀裂さえ忘れてしまうほどの馬鹿だから、盗撮なんかやらかしたんだろうか。

「お母さんに縋《すが》ろうとしたの。私は悪くないってわかってほしかった。でもお母さんが『触らないで』って腕を振り上げたから、木べらについてた熱いジャムが頰に飛んで、火傷《やけど》した。私が泣いて、お母さんは『ごめんねごめんね』って元のお母さんに戻って、跡は残らなかったし、お父さんとお姉さんはたぶん別れた。だから私も気にしないようにした。でも、啓久が盗撮で捕まったって聞いた時、なぜだか急にあの時のことを思い出したの。ずっと堰《せ》き止めてた水がどどっと流れ込んできたみたいな感じ。八歳の自分がうまく言葉にできずに封じ込めてた怒りとか悔しさとか悲しさに呑《の》まれちゃった。あんたのしでかしたことが許せなくて、不倫デートにつき合わせたお父さんが許せなくて、私に八つ当たりしたお母さんが許せなくて、情緒めちゃくちゃ。けど、今さら蒸し返したって仕方ないでしょ？　沖縄旅行にうきうき出かけていく仲よし老夫婦を責めたところで誰も得しない」

楓がもぞもぞと身じろぎ、姉は途端にやさしい目でちいさな頭を撫でる。

「姉ちゃん、あのさ」

「なに」

「もし、楓が大きくなって、整形したいって言ったらどうする？」

「……あんた、喧嘩売ってんの？」

「いやそうじゃなくて。会社の女の子がそんなこと言ってたから、親の立場としてはどうなんかなって」

何で今？　と訝《いぶか》しげな顔をしつつ姉は「程度による」と答えた。「ちょっと切るとか糸入れるくらいなら許容範囲かなと思うけど、骨削るレベルの基礎工事からやりたいって言われたらリスク大きそうだから止める」

「ちょっと切るとか糸入れるくらい」でも啓久には十分恐ろしかった。

「そっか、ありがと」

「別に」

「ごめんな」

何に対する謝罪か定かでなかったが、そう言わずにいられなかった。返事はなく、姉は楓の頭に鼻から下を押しつけ目を閉じるとほんのすこしかぶりを振った。


『皆さまこんにちは。先日、お知り合いから素敵なジャムをいただきました！　枇杷とパイナップルです。何かと気分も腐りがちな梅雨ですが（私だけ？）この瑞々《みずみず》しい色を見ているだけで元気が出ますね。せっかくだからきょうはフルーツ尽くしのランチにしようと思います。桃とクレソンのサラダ、枇杷ジャムとクリームチーズのオープンサンド、パイナップルステーキならぬポークソテーのパイナップルジャムソース！　おいしそうでしょう？　では、さっそく作っていきまーす。きょうは娘もお手伝いしてくれるからいっそう楽しみ！』


姉からは翌日に五万円振り込まれた。ちゃんと家に帰ったらしい。ＬＩＮＥ上で『お金振り込みました』『確認しました』とだけやり取りした。しばらく経って、瀬名からＬＩＮＥが届いた。

『妻も交えて三人で食事に行きませんか』

すこし迷った。瀬名にわざわざ会いたいとは思わない。でも、瀬名の妻には興味があった。野次馬根性といったほうが正しいかもしれない。性加害者の夫を切り捨てないのがどんな女なのか。新夏とどこがどう違うのか。そして瀬名と自分は。

店選びも予約も丸投げで、指定されたのはホテルのビアガーデンだった。ビル街の夜景と公園を一望できるルーフトップテラスに、瀬名と並んで現れた女の第一印象は、燕《つばめ》みたい、だった。

「瀬名涼音《すずね》と申します。夫がいつもお世話になっております」

「神尾です。こちらこそ」

涼音は白いスキッパーシャツに黒いサマーニットのドルマンカーディガンを羽織り、パンツもサンダルも黒。肩までのまっすぐな黒髪と赤い口紅が、色白の肌を引き立たせていた。歳《とし》は、啓久よりやや上に見える。セルフサービスのドリンクコーナーから瀬名は烏龍茶を、啓久と涼音はビールを持ってきて「お疲れさまです」とまるで職場の同僚みたいに乾杯した。普段、業務以外で口をきく機会もないけれど、たまたま打ち合わせか何かの流れで飲んで帰ることになった。そのくらいのよそよそしさだった。

「瀬名さん、飲まないんですか？」

「きょうは車で来てるので。神尾さんも送っていきますよ」

「そんな、申し訳ないですよ」

「いえいえ、ついでですし。車だと涼音も安心できるよね」

「うん」

ひやりとする啓久をよそに、涼音はごく自然に頷く。まじで知ってんだ、と図鑑で見た生き物と出会ったような感動を覚えた。昼間は蒸し暑かったが日が落ちると風もそれなりに吹き、屋外は快適だった。いちいち飲み物を取ってこなければならないのも、気詰まりじゃなくていい。瀬名と涼音はごく普通の夫婦に見えた。あからさまに親密さを見せつけるわけではないけれど、ちょっとした会話や所作の間《ま》から、長い時間を共にしてきた者同士の似通ったリズムが垣間見《かいまみ》える。葵に話して聞かせたような勤め先の説明を、ふたりとも興味深そうに聞いてくれた。ニッチな業種は、こういう時話題に困らなくて助かる。瀬名夫婦は、去年祇園祭《ぎおんまつり》に行ったらしい。本当に蒸し暑くて、すごい人で、と語る瀬名に相槌を打ちながら、啓久は新幹線や祭りの人混みでは大丈夫なのかな、と考えていた。

「ちょっとトイレ」

瀬名が席を立ち、涼音とふたりきりになると啓久はずっと気になっていたことを尋ねた。

「瀬名さんから、僕のこと聞いてますよね」

「すこしだけ」

涼音はちいさな声で答える。他人の耳を憚《はばか》っているわけではなく、彼女はずっと内緒話みたいにしゃべった。吐息に水彩絵の具を乗せたような淡い口調ながら、気弱な雰囲気はない。

「例の会で知り合ったことと、恋人と別れたそうだ、と」

「はい」

「彼女さんのこと、恨んでます？」

「まさか」

「じゃあ、彼女さんに恨まれてると思います？」

儚い声で、なかなか突っ込んだことを訊いてくる。

「ないですね。そういう人ではなかったので」

「そうですか」

白い指が、ビールグラスのふちについた口紅を拭う。何も塗っていない短い爪が新夏を思い出させた。

「好きだから別れる、好きだから別れない、どっちも成立しますもんね」

「涼音さん、は」

名前で呼びかける時、緊張して声が上ずった。

「好きだから別れない、ほうを選んだんですか」

涼音はすぐには答えず、口紅で汚れた人差し指を親指と擦り合わせていた。指先全体がうっすら染まる。どうなんでしょう。つぶやきは小鳥のさえずるみたいに軽やかな響きを伴っていた。

「別れてないってことは好きなのかも、と逆説的に考えることはあります。どうして離婚しないのか自分でもふしぎです。彼を支えてあげたいと決意する日もあれば気持ち悪くて視界にも入れたくない日もあり、瀬名自身、毎日が審判の日みたいに感じてつらいでしょう。今も一緒にいる理由は――端的に言ってしまえば『見届けてない』からかもしれません」

「何をですか？」

更生を？　それとも更生不可能だという決定的な場面を？

「それが、困ったことに自分でもよくわからなくて」

赤色が剝げてまだらになった唇が曖昧な笑みをつくる。「まだ見届けてないなって思うだけなんです。神尾さんは映画館に行った時、エンドロールを終わりまで観《み》る派ですか？」

「観ないほうが多いかもしれません」

退屈だし、混雑を避けて早く出たい。でも余韻に浸りたい気分の時もあれば、単純に隣の客に気を遣って我慢する時もある。

「わたしは観ます。マナーどうこうじゃなくて、映画がおもしろくてもつまらなくても関係なく、エンドロールが終わって明るくなるまでが一本の映画だと思ってるから。ほかの人がどうでも自分にとってはそういうもの、それだけで、そしてわたしはまだ夫のことを見届けてない。今が本編なのかも謎ですけど」

「……見届けたら、席を立つんですか」

涼音は黙って片手を上げた。瀬名が、トロピカルジュースを片手に戻ってくるところだった。飲み放題九十分の制限時間内に返事を聞けるタイミングはなく、啓久自身、立ち入りすぎたと思っていたので気にしないことにした。

帰りの車中で、瀬名が「もう会には来ないんですか？」と尋ねた。

「そういうわけじゃないんですけど、仕事の関係で土日稼働することが増えて。急に『週末出られる？』ってパターンもありますし」

嘘じゃないのに、なぜか言い訳がましく感じてしまった。瀬名は「神尾さんは忙しいんだね」と助手席の涼音に話しかけていたが、反応はなかった。

「いつの間にか寝てる。きょうはよく飲んでたからなあ」

本当かな、とふと思う。助手席の真後ろにいる啓久からは涼音の顔が見えない。なぜだかわからないが、寝たふりで聞き耳を立てているような気がした。

「きょうはありがとう。妻も楽しそうだった」

「いえ、こちらこそ」

「妻はね、以前は派手な色柄の服を好んでたんです。いわゆるビタミンカラーの、目の覚めるような。クローゼットを覗くとそりゃもうカラフルで」

「へえ、全然イメージ違いますね」

想像しにくかった。燕の配色のほうが似合うと思った。

「うん。でも僕が五年前に初めて痴漢で捕まってからは、きょうみたいな服しか着なくなった。いつでも謝りにすっ飛んでいけるように。アンディ・ウォーホルの花柄のワンピースなんか着て警察に行ったら印象が悪くなるかもしれないでしょう?」

相変わらず、助手席は沈黙している。

「同じなのは口紅の色くらいかな。すぐに擦って落とせるからって。最近の、ティントリップっていうんですか、落ちにくいやつは使わないんです」

どんな顔でそんなことを言っているのか、確かめるのが怖くて啓久は自分の膝ばかり見ていた。

「神尾さん、もし今度、会に来ることがあったら、何か話せると思う？」

「……わかりません」

「僕はわかるよ」

瀬名の口調は軽く、運転は危なげない。

「どうせ何も言わず、黙りこくって座ってるだけだ」

「何でわかるんですか」

むっとして言い返すと、即座に返ってきた言葉で刺される。

「神尾くんが、僕や僕らを見下してるから」

それでも啓久は「何言ってんですか」と苦笑で流すのを諦めなかった。無駄だったが。

「お前らとは違うって思ってるでしょ？　それを再確認したくて来てるだけだって、はっきり言えばいいのに。きみは初犯で、直接触ったり尾行したりしたわけでもないもんね。示談で収まって社会的にもノーダメで、若くて、しゅっとしてるしさ。だから動物園の爬虫類《はちゅうるい》館にでも来たような目で僕らを見てる。みんな気づいてるよ」

そんなことありません、という言葉が出てこない。

「でも、そんなの関係ないからね。傍《はた》から見れば性犯罪者は等しく害悪だよ。素手で殴ろうがバットで殴ろうが同じ。相手がかすり傷だろうが骨折だろうが同じ。普通の暴行や傷害とは違う。理不尽だって思うだろうけど、性犯罪ってそういう罪だから」

普通って何だ。暴行や傷害に「普通」なんてあるのか。他者を痛めつける行為に。

「それくらい知ってますけど」

さすがに怒りが湧き、つっけんどんに言い返した。

「俺なんか、死刑か去勢の二択なんですから」

「は？」

瀬名の声と同時に助手席から「あなた」と聞こえた。ひそやかに、しかしはっきりと。

「神尾さん、コンビニに寄りたいって言ってたでしょう。そこのセブンの前で降ろしてあげたら？」

「……ああ、うん」

彼女が助け舟を出してくれたのか、それとも瀬名同様、啓久に苛立って排除したかったのか定かではないが、ほっとした。車を見送らず店内に逃げ込み、ずんずん奥へ進むと、飲料が詰まった冷蔵ショーケースの扉に自分の姿が映っていた。はっきり顔を見てしまう前に目を逸らす。


『こんにちは。早くも真夏のような暑さが続きますね。視聴者の皆さまいかがお過ごしですか？　きょうは自宅ビアガーデン（風）を目指してセッティングしていこうと思います。お庭にテーブルとパラソルを出して飲めれば最高なんですけど、やっぱり自宅の場所とかわかっちゃうのは怖いので……周り全部モザイクかけちゃうのもこのチャンネルの雰囲気に合わないと思うし、インターネット難しい！　そんなことはさておき、スペインバルをイメージして、ピンチョスをいろいろと、魚介どっさりのパエリアに、ガスパチョも！　ガスパチョはそうめんのつけだれにも、パスタソースにも使えるので夏場はこればっかりつくっちゃいます。にんにくを入れすぎると娘には不評（笑）。そういえば、娘の盗撮被害の件で今も温かいコメントやご支援をいただいています。ありがとうございます。今のところトラウマにもなっていないようで、元気に電車に乗っています。車で送り迎えするって言ったら「過保護！」って笑われちゃって、親の心子知らず……ってコト!?』

梅雨明けの直前、桑田に言わせれば「奇跡的に」全社員が集まれる日があったので、啓久の遅い歓迎会と夏に向けた決起会を兼ねた飲み会が開かれた。梅雨が明ければ本格的な祭りシーズンに突入し、目の回るような忙しさらしい。

「ほんとは盆踊りの情報も充実させたいんだよね」

と桑田は言った。「公園の掲示板にポスター貼ってるだけ、みたいな地元の盆踊りってなかなかキャッチできないんだよなあ」

「キャッチしてどうするんですか」

「ただ踊るの好きな人、けっこういるんだよ」

祥子が「和のパリピ」と笑う。掘りごたつの広い座敷で、桑田がジョッキ片手にあちこち回り始めるとほっとした。嫌いじゃないが、上司がずっと隣にいると肩が凝る。大皿に山盛りのフライドポテトを見るとつい莉子を思い出した。

「日置さん、つかぬことお伺いしてもいいですか」

「え、なに、怖いんだけど」

向かいの祥子がややたじろぐ。

「いえ、ただの雑談です。もし、娘さんが大きくなった時、整形したいって言ったらさせてあげます？」

「唐突だね」

「全然スルーしてもらっていいんで」

「んー……」

祥子は座卓の上で腕組みすると、「成人後なら、わたしがさせてあげるとかあげないって話でもないけど」と前置いた。

「その頃になったら、わざわざ整形する必要ある？　って時代になってたりしないかな」

「それは、容姿をあれこれ気にしなくていい時代が来るってことですか？」

「来るわけないじゃん」

即座に否定された。

「テクノロジーが進んで、自分の理想の容姿を人に見せられるようになってないかなってこと。写真を加工するノリでさ。拡張現実？　それとも拡張非現実？　そんな感じ。理想の顔になることじゃなくて、他人の目に理想の顔で映ってることが大事なんでしょ」

「幻覚を見せるってことですか？」

「まあ、そうだね。肉体を捨ててメタバースに移住したほうが早いか」

質問に対する答えからは微妙にずれていたが、一理あると思った。無人島でひとりぼっちなら、整形したいなんて思わないだろう。どんな欲望もコンプレックスも、他者への眼差しと他者からの眼差しによって生まれる。レンズが被写体を被写体たらしめる。

「いや、祥子さん、それはないっすわ」

ほとんどしゃべったことのない同僚が空席だった祥子の隣に腰を下ろし、会話に割って入ってきた。何でよ、と祥子はやや面倒くさそうに応じる。

「今だってVRでリアルなAV観れるけど、痴漢するやつはするじゃないですか」

あ、まずい。と思った。そっちの話に振っちゃいますか。心臓が脈打つごとにせり上がってきたように、喉仏のあたりでどくどく聞こえる。啓久は「そうだ」と強引に話題を変えようとした。

「日置さん、来週に東北でやる七夕祭りなんですけど、協賛してくれた酒蔵から、SNSでプレゼントキャンペーンやりたいって相談がありました」

「えー、今頃？　どうせあのワンマン社長が急に思いついたんでしょ。酒と一緒で仕込みが大事なのに……まあいいや。似たようなキャンペーン過去にもやってるから、その時のリリースとか参考にちょっと方向性まとめてくれる？」

「わかりました」

「あ、あとあさっての打ち合わせ、神尾くんひとりで大丈夫？」

「はい」

「現地行くよね？　神社の外観とかいろいろ撮ってきて」

「わかりました」

啓久の返事と被《かぶ》せるように、さっきの同僚が笑いながら突っ込んだ。

「いや、神尾さんに写真撮らせちゃ駄目っしょ」

あんなに速かった鼓動ごと、心臓が凍結された。なのに目だけは急に視野が広がり固まったまま座敷全体を見渡すことができた。発言を聞いていたらしい何人かが好奇と嫌悪と、それから優越感がないまぜになった半笑いのレンズを啓久に向けていた。引っくり返って腹を見せ、脚をばたつかせている虫を見下ろす子どものような。もがく命の行く末を、手を汚さずに眺めていていいんだという残酷な優越感。その中に桑田もいた。怒りも焦りもなく、あー、と思った。全身から力が抜け、二十も三十も歳を取ったみたいにくたびれた。

——それにしても、
あの時、前の上司も、同じ笑顔を啓久に寄せてきた。

——撮った画像、実はこっそり持ってたりしないのか？　使えるやつなら俺にもくれよ。

啓久は、肯定も否定もできなかった。「へへっ……」とさらにだらしない、溶けたような愛想笑いでやり過ごすしかなかった。笑ってから、もう全部駄目だ俺、と死にたくなった。死なずに会社から逃げるほうを選んだ。

また同じことをすればいい。「へへっ……」って笑うだけ、簡単じゃん。死にたくなっても結局死なないし。

自業自得なんだから、しんどいとか思う権利ないし。啓久は目の焦点を合わせず笑おうとした。また莉子の顔が浮かんだ。見も知らない男から「ドボン」呼ばわりされた時の彼女も、きっとこんなふうに笑うほかなかった。

「神尾くん、悪いけどヘパリーゼ買ってきてくれない？　飲むの忘れてた」

祥子の声で、表情筋の動きが止まった。

「二軒隣にコンビニあったよね、お願い」

「あ、はい」

立ち上がって廊下に出ると座敷の襖《ふすま》を後ろ手に閉めた。途端、弾けるような爆笑で襖がたわんだように感じられた。

――おい、やばいって、そういうのもハラスメントになるんだから。

――えー、桑田さんが教えてくれたくせに。

――本人に言うなよって言っただろ。

――言うなよって、言えよのフリかと思ってました。

――だから、やめろって。

備えつけのサンダルを突っかけて二軒隣のコンビニに向かう。全身のうぶ毛がちりちりと炙《あぶ》られているように顔と言わず手足と言わず火照っていた。一次会の後で会社に戻って仕事をするつもりだったからリュックはデスクに置いてあるし、靴は後日取りに来ることにして、このまま消えるのは簡単だった。むしろ、なぜ言われるままにヘパリーゼを買っているのか。逃げ帰り、退職代行でも使って誰とも顔を合わせず終わらせればいい。そして今度こそ誰にもばれていないところで働く。

でも、誰にも知られずにやり直すことなんて、本当にできるんだろうか。どこに行ってもついて回るんじゃないのか。東京にはいくらでも会社があり、いくらでも人がいるのに、いつかはみんな、啓久の罪に気づいてしまう。レジでバーコードを通す店員も、コーヒーの出来上がりを待っているスーツの男も、キャラグッズつきの菓子を手にはしゃいでいる子どもだって。啓久が罪を忘れても、罪が啓久を忘れない。

新夏は啓久を「恥ずかしい人」だと言った。自分でもわかっているつもりだった。今は、あの時よりもっと恥ずかしい。この先も、もっと、もっと、と繰り返し突きつけられ、恥を重ねていくんだろうか。

「お支払いは」

店員のぶっきらぼうな声さえ、自分が恥ずかしいせいだと思えてならない。

「交通系ＩＣで」

「光ったらタッチお願いします」

吐き出されたレシートをくしゃっと丸めてズボンのポケットに突っ込み、コンビニを出て居酒屋に戻った。もう、恥ずかしいことがばれている集団のほうが、これからばれるおそれのある集団より気楽だから。店の前に祥子が立っていた。

「ありがと。いくらだった？」

「気にしないでください」

「そういうわけにいかない。いま小銭持ってないから、あした会社で渡すね」

あした、と当然のように言われてすこし驚いた。あしたも啓久が出社すると思っているのだろうか。

「桑田くんて基本アホだからさ。『俺は全然気にしてないから！』っていい話風にしゃべっちゃうんだよね。後で締めとく」

「いえ……」

祥子はヘパリーゼを一気飲みして蓋を閉めてから「辞めないでよね」と口元を拭った。

「これから繁忙期なのに、辞められたら困る」

「日置さんはいやじゃないんですか。ちいさい娘さんもいるのに」

「やだけど、背に腹は代えられないっていうか。新しい人を採用するってなった時、神尾くんのほかにもうひとり、ヘッドハント迷ってる人がいたのね。『どっちがいいと思う？』って桑田くんから意見求められて、迷わず神尾くんを推した。だってもうひとりはわたしと同じシンママだったから。桑田くんは『祥子ちゃんと話が合うんじゃないか』なんて無邪気に言ってたけど、冗談じゃないって思ったよ。急な休みとか遅出早上がり、わたしが融通きかせてもらってる特権を半分こにしなきゃいけなくなるじゃん。独身男性一択でしょ。まあもちろんそんなの言わないけど、女がいつでも女の味方なわけないいんだから。もし神尾くんが辞めちゃったら、あの人が入社してくるかもしれないから困るの。負い目があるぶん一生懸命働いてくれるだろうって打算もあったし。それは桑田くんも同じだと思う」

更生を信じて、とか言われるよりはましだな、と思った。新夏には、縋るほど信じてほしかったのに。もう一度やるやらないに関係なく、信頼などという重たい荷物を、どうでもいい相手から託されるのはごめんだった。

「神尾くんがうちの娘を盗撮したら殺すし盗撮しようとしても殺すけど、現実には何も起こってないから頑張って働いてほしいなと思ってる。でも、何かの拍子で神尾くんにいらっとしたら内心で『これだから性犯罪者は……』って毒づくかもしれない」

「はい」

あまりにあけすけな物言いに、そう応えるしかなかった。「というわけでよろしく」と祥子が店の中に引き返し、ひとり残された啓久は、どうしようかな、と悩む。飲み会に復帰して何事もなかったように振る舞うのが最適解だとわかっているが、足が動かない。そのうち、軒先の提灯《ちょうちん》に照らされたアスファルトに濃いしみがひとつ、ふたつとにじみ出した。雨だ。ジャケットのポケットで、スマホが雨粒に反応したようにふるえた。

『ＳＯＳ。とにかくだいしきゅう！』

わけがわからないが、大至急なら仕方がない。飲み会メンバーにひと言も告げず、莉子が送ってきた住所に向かった。サンダルのまま、財布とスマホだけ持って、駅ナカのコンビニでビニール傘を買った。歩くたびにヘパリーゼのレシートがかさかさ音を立てる。

たどり着いたのは、白い外壁の賃貸マンションだった。テラスハウスタイプでエントランスのセキュリティはなく、二階の一室のインターホンを恐る恐る押すとドアの隙間から莉子が顔を覗かせた。

「わー、まじで来てくれたんだ、雨の中ごめんね、入って入って」

ワンルームの室内にはベッドとローテーブルとドレッサーと三段のチェスト、ラグを敷いた床には段ボール箱がふたつ。各々に子猫が一匹ずつ入っていた。この前見た白い猫と、それよりちいさなサバトラの猫。

「猫、二匹いたんですか」

「違うの、こっちはきのう拾っちゃったの。やっとハクが離乳食になったとこだったのに、獣医さんとこ駆け込んだりで大変だった」

お願い、と莉子は顔の前で両手を合わせた。

「きょうじゅうに出さなきゃいけないレポートがあんの。超ピンチだから、その間だけこの子たちの面倒見ててくんない?」

「え、俺、子猫の世話なんかしたことないです」

「そこに本あるから。後はスマホで調べるか、都度あたしに訊いて。ミルクと離乳食はキッチンね。哺乳瓶も。そんでさっきごはんとうんちさせたとこだから、次はサバが三時間後、ハクはもうちょい空いてても大丈夫。サバのほうは血液検査の結果出てないから、ハクと接触させないで。触る時は使い捨ての手袋嵌《は》めてね」

しまった。啓久は自分の断り文句が間違っていたことを悟った。「したことないです」じゃなく「無理です」と言うべきだったのに。しかしローテーブルにノートパソコンを広げ、一心不乱にキーを叩く莉子に声をかけられず、啓久も床に座って猫の育児書をめくった。哺乳瓶から飲ませるだけかと思いきや、温めたり冷ましたり消毒したり、人間の赤子と同様の手間がかかるらしく、空腹も相俟《あいま》ってげんなりした。何でこんなことに巻き込まれてるんだろう。あの時、盗撮なんかしたからだ。どうして盗撮なんかしようと思ったんだろう。若い女の下着の写真を撮って、それが何になる？　啓久はずっと、本当にずっと考えているのに、わからない。

二時間ほど経つと、猫たちが揃ってにゃあにゃあ鳴き始めた。すこし早いが、食べ物をくれと訴えているのかもしれない。啓久はスマホ片手に狭いキッチンでもたもたと支度する。ハクはペースト状の離乳食を小皿に出してやるとすぐにがっつき始めたが、サバにミルクを飲ませるのは骨だった。こんなちいさな生き物に触れたことがないので、力を入れると握り潰しそうでおっかない。かといってあまりにこわごわ持てば落っことしかねないし、覚束《おぼつか》ない手つきでどうにかうつ伏せにさせて哺乳瓶の吸い口をあてがうとちうちう音を立てて飲み、安心したのも束《つか》の間《ま》、なぜか吸いながら頭をもたげて立ち上がろうとするのでベストな体勢を保持するのに苦労した。そしてちょっと目を離せばハクが全身で小皿に突っ込んでペーストまみれになっている。

お猪口《ちょこ》に満たない少量のミルクを飲ませるのに三十分近くかかってしまい、そこから後片付けと消毒、排泄《はいせつ》補助、諸々《もろもろ》のお世話を終えたらもう次のお食事タイムが近づいている。エンドレスだ。子猫たちはぱんぱんに膨れた腹を見せて仰向《あおむ》けに転がっている。まだ体毛の薄い腹部はきれいなピンク色だった。持ち上げた時、まるで全身が一個の心臓そのものみたいに力強く鼓動していた。手のひらにまだ、その速いリズムが残っている。

三回目の食事&排泄サイクルが完了した頃になって莉子が「終わった!」と勢いよくノーパソを閉じた。

「やったー……あーやばかった。神尾さんありがと、まじで助かった」

「おめでとうございます」

二刀流猫じゃらしで子猫たちをあやしながら述べる。

「お腹《なか》空いてない? てかあたしが空いた、何か食べよ」

莉子がさっさとキッチンに立ったので辞去する機を逸した。熱々のうどんにバターと醤油《しょうゆ》と卵黄を落としたどんぶりを出されると、うますぎて飲み込む勢いで平らげてしまった。

「実家暮らしじゃなかったんですね」

「ううん。ここ、あたしんちじゃないし」

「え?」

「ママがYouTube用に借りてる部屋。裏アカってか裏チャンネル? パパに内緒でやってる。アラサー独身女子って設定で、このせっまい部屋のルームツアーとか、お給料仕分けしてやりくりとか、プチプラコスメとか、百均のお役立ち商品とか……要するにみんながやってて、ママじゃなくても成立する内容。登録者数は三万超えてたかな？　まあ、趣味とお小遣い稼ぎだよね。家賃とかは経費にできるしさ」

白とピンクが基調のガーリーかつチープな室内を見渡す。このローテーブルだって、量販店で二千円程度で買えるやつだろう。作家ものの一枚板テーブルやヴィンテージのチェアを愛《め》でる母子の暮らしぶりとはあまりにも違う。ここは――ここも、張りぼてのセットだったのか。

「ハクを拾った時は、ママ大喜びだったよ。待望のコンテンツゲット、みたいな。猫保護する動画なんかまじで腐るほどあんのに、子猫って金脈すぎるよね。もう百万回以上回ってる。『今までアイドルに捧《ささ》げてた推し活貯金を、これからはこの子のために使います！』だって。もちろん、全部嘘。あたしは、掃除とか撮影の手伝いする代わりにちょくちょく泊まってんの。最近は猫の世話も。自分の好みとは全然違うけど、隠れ家があるって便利だし」

食べ終わった食器を洗おうとしたら、「あたしがやる」と莉子に止められた。流しの水音を聞きながら、雨もう止《や》んでるかな、と考える。終電時刻を過ぎてしまったのでタクシーを呼ばなければならないが、雨だとなかなか摑まらないかもしれない。そして猛スピードで食べたせいか急激に眠たくなってきた。やばい。あぐらをかいたまま舟を漕《こ》ぎ、かくん、かくん、と持ち上がっては落ちる頭が、ＬＩＮＥの通知音でぱっと正位置に戻る。通知画面には瀬名のアイコンが浮かんでいた。一気に目が冴え、トーク画面を開く。『突然すみません。

瀬名涼音です』とあった。

『今、夫のパソコンからログインしています。トーク内容を勝手に見てすみません。瀬名は数時間前、電車内で女性の身体を触ったとして現行犯逮捕されました。詳しいことはあした警察に行って伺いますが、会にはしばらく出席できなくなるかもしれません。ご迷惑をおかけして申し訳ございません』

指が、手が、二の腕までがふるえた。去年、あの朝、捕まった後みたいに。もしかするともっと。『何でですか』と無神経な質問を送ってしまった。数分後、返信があった。

『現在の勤め先で前科のことがばれて、ここ数日は塞ぎ込むことが増えていました。私自身、彼の弱さと向き合えていなかったと反省する部分もあります。ですが、犯罪は犯罪です。被害者の方に誠心誠意お詫《わ》びするとともに、瀬名には罪を償ってもらわなければいけません』

『通話できますか』と送ると、すぐにかかってきた。

『すみません』

涼音の声は、以前会った時と変わらず、淡々と落ち着いていた。冷静さが却って心配だった。

「あの――大丈夫ですか、いや、大丈夫なわけないですよね、すみません」

直接かけたい言葉があるわけじゃない、と繋がってから気づく。間抜けな話だ。

『一部始終を動画で撮っていた人がいたようで、SNSで拡散されてるんです。顔もはっきり出ていて、これから弁護士さんと対応を相談しますが、すぐに全部削除してもらえるわけではないと思うので、どうなるのかわからないですね』

「そうですか。……あの、僕に何かできることがあれば、ないのわかってて言ってますけど、あの」

『先日は夫が不躾《ぶしつけ》なことを言ってしまったのに、恐縮です。夫も、謝りたいと反省していたんです。本当です』

「信じます」

『ありがとうございます。……あの、こんな時なのに、つかぬことをお伺いしますが、神尾さんと交際されていたのは、関口《せきぐち》新夏さんという方ですか？』

「そうですが……」

『以前、カルチャースクールのチラシを見て夫に問い合わせてくださったそうなんです』

「あ――はい、そんなようなことを聞きました。でも瀬名さんだとは知りませんでした。僕は僕で探したカウンセラーさんに瀬名さんの会を紹介されて……」

『加害者の自助サークルは少ないので、別々にアプローチしても結局繋がっちゃうんですよね』

ふ、とため息のような笑いが伝わってきた。

『関口さんは、自分も会に行って、参加者の話を聞けないかと尋ねてきたそうです。お断りしたけれど、どうにか恋人の気持ちを理解したいと、真剣に考えているようだったと。電車で盗撮をした、ということだったので、神尾さんと話してすぐにぴんときたそうです』

「そうなんですか」

どうして教えてくれなかったのか、と憤るような問題じゃない。新夏が真剣に自分をわかろうとしてくれたことくらい、言われなくてもわかっている。なのに、第三者の口から聞くだけで、どうして胸が詰まるんだろう。

『夫は——悔しくて黙っていた、と白状しました。話せばふたりがよりを戻すんじゃないかって。馬鹿な人です』

「ほんとに」

啓久は言った。「瀬名さんには涼音さんがいるのに」

『ふふ』

今度ははっきり笑う。それから通話が切れた。まだ見届けてないですか、と訊けなかった。自分がどちらの答えを願っているのか、わからなかったから。

何でだよ。ついこないだビアガーデン行ったのに、痴漢で捕まったって、そんなことがあるかよ。あんなちゃんとした奥さんを裏切るなよ。瀬名は鏡から目を逸らしてしまったのか、それとも鏡の中の自分でさえ止められなかったのか。ルームミラー越しに啓久を見ていた目。車から降りず、もっと突っ込んだ話をすればよかったのか。瀬名の話を聞けばよかったのか。

「加害者も孤独に陥ってはいけない」って、そういうことなのか。

やめてくれ、と叫びたくなった。これ以上、新しい後悔を抱え込みたくない。どうにかして止められたんじゃないかなんて過去仮定を繰り返して消耗したくない。たった数回会ったおっさんの人生がどう転落しようと、俺には関係ないのに。

何でこんなに、友達と会えなくなったみたいに寂しいんだよ。おかしいだろ。

「……ねえ、どうしたの？　大丈夫そ？」

いつの間にか、莉子が傍にしゃがみ込んでいた。

「顔怖いよ。何かあった？」

啓久は首を横に振り、うなだれた。ここが自分の家だったら、床か壁を拳で殴っていたと思う。それくらいやりきれなかった。あるいは、新夏のところに押しかけてしまっていたかもしれない。

新夏に会って何もかも話したかった。会社のこと、莉子のこと、瀬名のこと。あんなにもわかろうとしてくれてありがとう、きちんと応えきれなくてごめんなさい、と伝えたかった。でももう、新夏のスクリーンに啓久はいない。いなくなっていなければならない。

押し黙っていると、丸めた背中に添うように莉子が背中を預けてきた。温かい。

「あたし、パパとは血が繫がってないんだよね」

真後ろから、肌を伝わって聞こえる。

「九歳の時に両親が離婚して、あたしはママに引き取られて、十歳の時に新しいパパができて、十二歳の時にまた離婚して、ママは慰謝料と養育費代わりに家をもらった。だから家具とかも全部、二番目のパパが揃えてたやつ。それからママはYouTube始めて、たまたまバズった動画でちょっと人気になって、十三歳の時に今のパパが来て。居抜きのお店みたいだよね。ママは美人だからすぐ男が見つかるし、別れるたび貯金が増える。あたしには、最初のパパから受け継いだ残念な顔面しかないのにね」

莉子の母親を見た時、確かに娘と全然似てないな、と思った記憶がある。言われてみれば、高校生の娘がいるとは思えないほど若々しかったし、顔立ちも整っていた。ただ、父親とセットでの薄気味悪さが先立って容姿の良し悪しなど考えもしなかった。それどころじゃなかったし、どうでもいい。ビジュの優先順位なんてたやすく変動するよ、と莉子に言っても無駄だろうけれど。

「首から下で釣ってYouTubeに出てるの、誰にも知られたくなかった。ちょっとした手がかりで特定されちゃうから、友達はつくらないようにした。だからレポートの情報交換する相手もいなくて、たまに困る」

ひと呼吸置いて「パパがね」と続けた声は、子猫よりか細かった。

「言うの。莉子ちゃんはうまくやってるよねって。だって顔も裸も出さず、デジタルタトゥーを回避してお金稼げてるもんね、めちゃくちゃコスパがいいよ、って。『周りの若い子見てごらんよ。おじさんとホテル行ったり、歌舞伎町《かぶきちょう》に立ったりしてるんだから。僕は自分の娘にあんな汚いことさせられないなあ』だって。ママは『あんたの顔がママに似てたら、母子で顔出ししてもよかったんだけどね』ってちょっと残念そう。でもそれも、パパに言わせたら『莉子ちゃんはファンタジー』だからこれでいいんだって。視聴者は、あたしの身体に好きな女の顔をくっつけて妄想して、脳内アイコラを楽しんでるんだって。観光地の顔ハメ看板みたいだよね。神尾さんが払った示談金は新しいＭａｃに化けて、ふたりとも大喜びだった」

自分が猫なら、全身の毛が剣山みたいに逆立っているはずだ。死刑だ、と啓久は思った。そんなこと言うやつは死ねよ、ちくしょう。

「こっちも真剣に聞いてないから、はいはいって感じなんだけどね。神尾さんに声かけたあの日は、ハクの具合が悪かったの。ミルク飲まないし、だんだん動きが鈍くなってきて、駄目かもって思った。ママに電話したら『ちゃんと撮ってる？』って言われた。この子が死んでも死ななくてもママは動画上げるんだろうな、死んだらまた新しい猫探すのかなとか、成長して子猫じゃなくなったらわざと死なせて追悼動画上げかねないなとか考えたらたまんなくて、全部から逃げ出したくなって電車乗って、神尾さんを見つけた」

啓久は振り返ろうした。でも、莉子がぐっと体重をかけてきて拒んだ。

「『猫好き？』って訊いたら、『はい』って言ってくれたよね。だからあたし、あ、じゃあハクの面倒見なきゃ、って思った。持って帰ったペットボトル湯たんぽ代わりに抱っこしてたら、にーにー鳴いてくれるようになった。神尾さんの答えが『いいえ』だったら放置してたかもしんない。だから、ありがとね」

「関係ない」

啓久は言った。

「小山内さんは、絶対に見捨ててない」

「そうかなあ」

啓久ではない誰かに問うように、莉子はつぶやいた。

「そうだったらいいんだけどなあ」


腰の痛みで目が覚めた。いつの間にか、ローテーブルに突っ伏して眠っていたらしい。莉子はサバを膝に抱いてミルクを飲ませていた。

「起きた?」

「すいません」

「何で?」

「いえ……」

「何か食べる? うどんかカップラ」

死刑か去勢、と同じ口調だったのでちょっと笑った。

「大丈夫です。電車動いてるし、帰ります。洗面所借りていいですか」

水だけでざっと顔を洗い、猫との別れを惜しんでいると、階段を上がる足音が聞こえてくる。

「やば、ママかな」

この状況でやばいのはどう考えても啓久のほうに決まっているが、物理的にも時間的にも逃げ隠れの余地はなく、玄関のロックがくるりと九十度回転するのを、ただ凝視していた。すぐにドアが開き、入ってきたのは莉子の母親ではなかった。

「……あれ？」

喜怒哀楽のどれでもなさそうな薄ら笑いを浮かべた男が啓久を見て足を止める。「パパ」と莉子が険のある声で言った。

「何で鍵持ってんの？」

「ゆうべ、ママが酔っ払って床にバッグ落とした時に見慣れない鍵が出てきたから。内緒でYouTube部屋借りてたなんてひどいな。莉子ちゃんも教えてくれたらいいのに」

「帰って」

「帰って、じゃないだろ。そちらの方は？」

莉子の父親は靴を脱いで上がり込むと、至近距離から啓久の顔をじろじろ見回した。「ん？」とわざとらしく小首を傾げる動作がぶん殴りたいほど癇に障る。コナン君かよ。

「どこかでお会いしましたっけ？」

「神尾です。その節は申し訳ございませんでした」

「ああ！　あの、電車の……」

「わかってるくせにとぼけんのやめてよ、キモい。あたしが猫の世話頼んだから来てくれたの」

「え、何で繋がってるわけ？」

「名刺に電話番号載ってるじゃん」

「そういう意味で訊いてるんじゃないでしょ。莉子ちゃんこそわかってるくせに」

「失礼いたしました」

仕事だ、これは仕事。必死で自分に言い聞かせ、啓久は頭を下げる。

「お嬢さんひとりのところに図々《ずうずう》しく上がり込み、申し訳ありません。配慮に欠けておりました。今後はいっさい接触いたしませんので」

「やめてくださいよ、そんな堅苦しい。娘はもう大学生ですし、仮に盗撮魔と恋愛したとしても彼女の自由ですよ」

「パパ、いい加減にして」

啓久は男の目をまっすぐに見た。その中に自分や、瀬名や、同じ罪を犯した男たちを探した。そして「自由なんかじゃない」と言った。

「は？」

「彼女は傷つけられてる。自由だって言うなら、娘さんを動画に出すのをやめたらどうですか？」

「いやいやいや」

男は、さも言いがかりに困惑しているというふうに頭を掻《か》いた。

「顔はもちろん、個人情報は慎重にぼかしてますよ。ネットリテラシーには自信があるんですけど」

「ふざけんな」

とうとう堪えきれなくなり、怒気とともにぶちまける。「エロ目線で見に来てるやつらがいるだろ。あんたもそれ狙いで撮ってるだろうが」

「アップした動画を視聴者がどういう意図で楽しむかなんて、こっちにはコントロールできませんよ。そもそも、いやらしいと感じるってことは、あんた自身がそういう目で見てるってことじゃないんですか？　同類じゃん。どの立場で食ってかかってきてんの？」

「そうだよ！」

啓久は腹の底から叫んだ。

「同類だよ。わかるから、同類だから言うんだよ。言わなきゃいけないだろ。でなきゃ誰が言うんだよ」

これ以上狭い空間で一緒にいると本当に手が出そうだったので、男を押し退《の》けて無理やり脇をすり抜け、サンダルに足を突っ込んだ。ゆうべの莉子の体温と違って不快な接触だった。

外に出ると、雨の後のまっさらな青空が広がっている。まぶしい。

「神尾さん」

莉子が追いかけてきた。

「ごめんね」

「いや、俺のほうこそ」

「ねえ、こっち向いてよ」

肩を摑まれ、振り返る。まだ幼い笑顔に胸が痛んだ。あの時振り返った彼女は、啓久の落胆にどれほど傷ついただろう。

「何かね、うまく言えないんだけど……さっき、神尾さんが怒ってくれて、あたし、生まれて初めて『尊重されてる』って思ったの。年齢も性別も容姿も関係なく『あたし』を。それって恋愛よりレアだよね。尊重されるのって、いいもんだね。しみじみするね。忘れないからね」

がたがたの前歯が、朝の陽射《ひざ》しを反射して光る。

「あたし、この先どうなるかわかんない。整形してパパ活するかもしんないし、歌舞伎町に立つかもしんないし、風俗嬢になるかもしんない。でも、どの道に行っちゃったとしても、その途中に神尾さんはいないからね。それだけ、わかっといて」

「でも、そうなってほしくないって思う」

「じゃあ、どうなってほしい？」

「俺にちゃんと怒ってほしいです」

啓久は言った。

「怒って軽蔑して、心の底から気持ち悪いと思ってほしい。俺と微妙に交流したことを後悔してほしい。馬鹿だったな、もうあんなこと絶対しないって、自分と約束してほしい。小山内さんがいやがることをした人間を、堂々と拒絶してほしい」

莉子は「むじいな……」とつぶやいて背中を向けた。

「でも、やってみる」

「うん」

その言葉を信じようと思った。信じて、恥ずかしいまま生きて、待っていよう。彼女が本当に啓久を罰してくれる日まで。

「じゃあね」

軽快に駆け出したかと思えば、すぐに「あ、そうだ」と振り向いた。

「前に『死刑か去勢』って言ったけど、もし去勢でも片方の玉くらいは残しといてあげよう」

「……どうも」

歩きにくそうだな。試しに右足に重心をかけて歩いてみる。すぐに身体が傾ぎ、青空の切れ端みたいな水たまりに自分の顔が映り込む。片足で立ったまましばらく見つめ合ってから、啓久は再び二本の足で歩き出した。

執筆にあたり、お話を聞かせて下さった
カメラマンの下村しのぶさま、ありがとうございました。

この物語はフィクションであり、
登場する人物・団体・名称等は実在のものとは
関係ありません。

初出　STORY BOX

恋とか愛とかやさしなら
2022年12月号「Put your camera down」改題

恋とか愛とかやさしさより
2023年9月号「恋とか愛とかやさしさじゃなくて」改題

単行本化にあたり、大幅に加筆改稿しています。

恋とか愛とかやさしさなら

二〇二四年十一月四日　初版第一刷発行
二〇二五年二月九日　第五刷発行

著者　一穂ミチ

発行者　庄野樹

発行所　株式会社　小学館
〒一〇一-八〇〇一　東京都千代田区一ツ橋二-三-一
電話　編集　〇三-三二三〇-五六一六
販売　〇三-五二八一-三五五五

印刷所　TOPPANクロレ株式会社

製本所　牧製本印刷株式会社

Printed in Japan　ISBN978-4-09-386739-9

一穂ミチ（いちほ・みち）

2007年『雪よ林檎の香のごとく』でデビュー。『イエスかノーか半分か』などの人気シリーズを手がける。

21年刊行の『スモールワールズ』が本屋大賞第3位。同作で吉川英治文学新人賞を受賞し、直木賞候補になる。

22年刊行の『光のとこにいてね』は本屋大賞第3位、キノベス第2位。同作で直木賞候補になり、島清恋愛文学賞を受賞。

24年『ツミデミック』で第171回直木賞を受賞。他の著書に『パラソルでパラシュート』『うたかたモザイク』など。